U0031430

藍
許明涓——著

目次

推薦序

安安靜靜的上坡路
寫給許明涓的第一本作品《藍》

文／吳明益（國立東華大學華文系教授）

回過頭去，我已經不記得第一次明涓來到我班上的情形了。和那些印象深刻、關係較爲密切的學生不同，明涓很少提問、很少發言、很少傳訊……她坐在教室的一角，安靜但用專注的眼神看著我，或者說看著自己還不太清楚的道路。

漸漸地我發現，明涓在每一次的戶外活動都會出現。明涓瘦小的身體會在那樣的時候發揮潛能，她總是跟得上，並且對原本不在她知識地圖裡的一切感到好奇。鳥類、步道、走路、異文化、未曾讀過的小說……這些對她而言都是「新的」世界。我陸陸續續收到她的作品，這些作品都很傳統，而又想挑戰什麼，就像所有「不知道該寫什麼」的年輕作者一樣，他們有創作的激動，卻還沒找到自己的節奏，大部分會選擇追隨社會的「顯題」，並且強調自身技法的「顯眼」。也就是說，會有一段時間，寫作對部分的年輕靈魂來說，會希望是大浪，而非潮汐。

一段時間後，明涓告訴我想去德國的歐登堡（Oldenburg）當交換生，在那段時間裡，我們偶爾會通過視訊討論，她告訴我在歐登堡的森林散步的情形，以及她的相關旅行與創作計畫，或者是剛寫好的新小說。交換的那學期快結束前，她獨自去走了一趟聖地牙哥朝聖之路（Camino de Santiago）的法國段。這是一趟原本屬於天主教徒的朝聖之路，起始的路線不單指一條，目標都是通往西班牙北部的聖地牙哥—德—孔波斯特拉（Santiago de Compostela）。不管或遠或近，徒步者會找尋庇護所作爲旅程的中繼休息站，然後在這個終點之城互相分享旅途中的感受。它的宗教意義雖然仍在，卻也在現代由步行者賦予了它新的象徵。

大約從這個時間點，我發現明涓在回覆同學的訊息或彼此問答裡，鳥類出現的頻率增加了，而一種安靜的氣息也慢慢取代了她早期那種年輕寫作者的焦慮節奏。

明涓的作品不適合台灣單篇發表的文學獎環境，但一篇一篇讀下來，就可以感受到她作爲一個寫作者的誠實、誠懇與自剖的意圖。由於明涓寫作的特質和經驗的改變，我曾建議她放淡自己的文字修飾，「因爲不知道自己想追求的是什麼，作爲一個小說作者，不妨把心裡的圖像盡可能單純地素描出來，不要爲了宣揚什麼、占據什麼發言高度而寫。」我盡可能把這樣的想法，傳達給她。

一段時間後，我才又發現她作品裡表露的，其實有部分是在我經驗範圍之外。女性的依附與堅強、生育與失去、沮喪與慰藉，以及病識、愛與懷疑並存的情緒。這些透過她不慍不火的筆觸，有時藏在〈藍〉裡和角色情感相互依附的和尚鸚鵡，有時化爲〈開始〉裡用撿拾來的屍體做成的鳥類標本，有時是〈無聲電影〉裡那個鏡射了主角痼疾的裸頸鸛，有時甚且可能是看似違反現在動物倫理議題裡的犧牲者——那些看似被施予照顧溫柔的貓，對映死於貓口之下的鳥屍，會不會就是某些情狀下愛（或殘酷）的縮影？

「如果可以像鳥一樣生顆蛋就好了。」在〈開始〉裡，明涓這麼寫。這和我過去讀過的女性對自我身體探索的作品並不相同，那是屬於明涓的女性身分所形成的感受與想像。並不是爲了伸張什麼而生的，而是這世間就是有這樣的人，以這樣的方式活著。但即便如此，他（她、牠）們也各有不同，有的是飛越千里而來的濱鷸，有的是困在籠中的白文鳥，有的是帶著不屬於這裡的「藍」，卻可以有價轉讓的鸚鵡。

明涓試圖把她緩緩成長的自然經驗，以及她的敏銳感受聯合起來。從她的作品裡，我感到她正在發現什麼是生命由外在改變了內在。就像光的折射，這些景象又從她筆下重生，形成這一批小說。部分看似與生態有關，其實終究是人類迄今無法解謎的動物本能與精神上的愛，形成的錯綜複雜的迷宮。

受孕、命名、撫育、夭折、罹病、衰老……它們有時候是迷宮裡的一道牆，有時是迷宮裡的迴旋彎道，有時是通往出口的指標。

今年（二〇二三）年中的時候，我曾看到一則新聞指出，在人力銀行的調查裡，有百分之二十七的女性最想當作家，超過了過去調查常是前三名的空服員。雖然不曉得調查的細節，也不知道受調查者想當的是哪一種作家，但我想獨斷一點地詮釋，或許在這個喧囂的時代，安靜將重新取得它的位置。

我觀察到、讀到的明涓的寫作，不是「熱熱鬧鬧的朝聖路」，也不是「安安靜靜的朝聖路」，而是「安安靜靜的上坡路」。我感覺她很早就知道，寫作這條道路並不「神聖」，而只是像所有的朝聖路一樣，它可能不是出自什麼特別的企圖。因此「朝聖」路上的人會很多，而且是千百年來人們不斷重複會做的事。路上所遇見的一切風景多半是平凡的，沒有神蹟，也沒有奇蹟。但正因爲它的平凡，所以你有可能遇到那些平凡卻動人的風景，並且在一個一個腳步裡，思考到自己和別人走同樣一條路的不同意義。就像惠特曼（Walt Whitman）的那首〈自我之歌〉（Song of Myself）所說的：「它沒有那麼遠，它在可及之處。」而當自己體會出「我爲什麼想走」並且自己踏上它的那一刻，「朝聖」終究不會是這趟旅程的虛詞。

這本集子裡的作品，正是明涓安安靜靜的上坡路。她將眼光投向其他物種，由外向內摸索自己這個女性靈魂的特異（或尋常）之處。這趟上坡路並不輕鬆，因爲動物本能與人類獨有的精神上的愛，可能意味著生命的牢結，會一直困擾著創作者本身。

或許你打開這本書，可以認識到這位別調、敏銳的年輕作者，並且聽到她所訴說的，在這趟安安靜靜的上坡路裡所看見的一切。

112年後山文學年度新人獎　得獎作品專輯　推薦文

以書寫對在地深情探索

文／　江愚（國立臺東生活美學館館長）

花東的土地確實會黏人：緩慢的生活步調、廣闊的大山大海，以及豐富的自然生態。相當高興得知今年新人獎得主之一許明涓因到花蓮就學，而對東部產生情感，花蓮開啟了許明涓的鳥類觀察之路，並將其融入小說《藍》（投稿作品集原名《熟悉的迷宮》）。本年度投稿作品除了細膩的文學表現技巧，更有深刻的觀察和省思，尤以散文及小說兩個文類最爲突出，從中脫穎而出實屬不易。

《藍》小說作品內容豐富、書寫技藝高超、敘事引人入勝，以鳥類爲意象與隱喻，投射到人類的生活之中，娓娓道出同志、婦女等當代議題，並以女孩、女人、婦人不同的角色觀點，呈現多元的女性文學筆觸。在專業知識中揉合了適切的抒情性，留給讀者想像的空間，令人驚豔。

本館由衷感謝「112年後山文學年度新人獎」五位專業評審委員：周昭翡、方梓、甘耀明、連明偉及黃秀如，以兼具感性和理性的專業眼光，審慎遴選出今年的得獎作品，共同提攜花東在地書寫人才，創造屬於東部獨特的文學特色，在此向無私付出的評審們致上無限的謝意與敬意。

期許每一位潛在的文學新人們，能夠持續以深情探索這片蘊藏無限可能的土地，累積在地的生活經驗、製造與他人的情感互動。繼續透過文字書寫，覺察自身和周遭，並嘗試不同寫作語言或表現型式，開拓後山文學更寬廣的道路，也讓台灣其他地方的讀者能藉由閱讀，領略東部的美麗面貌。

藍

許明涓短篇小說集

獻給　廖玉如老師

藍

跟學長告白後的隔週，他突然約我，說家裡有養鸚鵡，問我要不要去看看。在這之前，學長沒有主動聯繫過我，本來覺得應該沒有機會了，他這麼問，我又燃起一絲希望。

嚴格來說，他並不能算是我的學長，我是在抗議現場認識他的，那時他高二我高一，我們來自不同學校的學生會，他學權部我活動部。我記得那天剛放暑假沒多久，非常熱，他順手拿瓶運動飲料給我就聊了起來。

大學考試放榜那天他傳了訊息恭喜我，我才知道一年前他並沒有考上理想中的法律系，而是念了公行系，和我想像的不太相同。

不過我還是很喜歡他，從見到他的那天就喜歡到現在了。

不知道爲什麼，直覺告訴我學長養的鸚鵡是藍色的，和天空是藍色的一樣理所當然，如果是別的顏色，整個世界就會怪怪的。不過其實我對鸚鵡的印象是紅、黃、綠那種熱帶雨林的色系組合，藍色的鸚鵡聽起來不太尋常。

星期日下午，我穿上了水藍色的針織衫與淺灰色短裙，配上一雙剛買不久的茶色短靴赴約，學長看到我就露出微笑，那抹笑容不像是已經接受了我的心意，仍有點尷尬與距離感。無論如何，他笑起來還是一樣可愛。

學長的家就在一條全是賣鳥的街上，店面與騎樓擺滿了鳥，竹籠懸在樑柱上，裡頭擠滿金絲雀與畫眉，一疊疊烤漆籠內的文鳥與八哥，甚至還有小鴨跟小雞。鸚鵡則是放置在騎樓周圍，腳爪掛著鐵鍊拴在站架上，唯一自由的是到處亂飛、偷吃飼料的野生麻雀。

學長拉開鐵門，喧鬧的鳥叫聲傾洩而出，店鋪裡的鐵製鳥籠靠牆逐排擺放，裡頭每隻鸚鵡都睜大眼睛看著我，用盡全身力氣似的叫著。

他家眞的只養鸚鵡，其他鳥都不賣。

「歹勢啦，沒跟妳說養了這麼多隻。」

他說這句話時又露出了笑容，看起來自在許多。走到最後一排，一隻藍色鸚鵡看到我們靠近，用小孩子的撒嬌聲音叫著學長的名字，我聽懂後忍不住笑了出來。

這隻名字是我取的，藍寶。

其實一般鳥店不太會給鳥取名字，因爲通常在雛鳥階段，鳥就會賣出去了，這樣牠們跟主人會比較親近。長大後，我才發覺大多數養雛鳥的人都滿缺愛的，他們都希望被某個人依賴，但是在現實生活中找不到這樣的對象，轉而把感情投射在寵物身上。

特別是鸚鵡。之前不是流行那個心理測驗嗎？我記得妳也有傳給我，我覺得鸚鵡的性格就是焦慮型依附，只要稍微忽略牠們，就用各種手段要引起主人的注意，前一秒還磨蹭黏人，下一秒就突然變成機關槍，和我媽經前症候群發作的樣子差不了多少，看什麼事都不順眼。不過鸚鵡除了碎念之外，還會順便把妳啄得滿手是血，根本就是恐怖情人。

喔對，所以盡量不要離鳥籠太近。

很久以前，我們家引進了六隻金太陽、五隻愛情鳥、兩隻玄鳳，都是雛鳥，非洲灰鸚和折衷則是成鳥，比較貴，一般人養不起，是拿來當店裡的招牌。一開始我媽養鸚鵡還不太上手，牠們很嬌貴難搞，要勤換屎盆和墊料，隨時補充營養。雛鳥剛破殼的時候，兩、三個鐘頭就要餵一次奶，不同品種的配方也不一樣，還要記得照顧成鳥的情緒，頭上的毛只要蓬起來就代表有所不滿，平順地塌下來則是心情愉悅，可以摸摸牠們。

「眞是難搞。」

我媽對我爸吐苦水，那年我才三歲，她和我爸就快要放棄籠鳥事業。

其實我們家賣鳥已經賣很久了。最早是我阿公在火車站附近擺攤，他賣的第一批鳥是自己抓來的火斑鳩，後來和朋友合夥搬到陸橋下的店面，那個年代每個人都賺大錢，大家搶著進口大陸畫眉賣給賭客鬥鳥，生意好到不行，我爸和弟妹們幾乎是在鳥店裡度過童年。

沒想到終於輪到我爸當老闆的時候，那座陸橋跟橋下的鳥店統統都要拆除，從獵人那裡批來的野鳥也不能繼續養，要全部放走。我爸看同行紛紛改賣外國進口的鸚鵡還混得不錯，於是決定再賭一次。

但是眞的養了之後，我爸卻發現自己不怎麼喜歡鸚鵡。

「唉，還是台灣的鳥仔比較好啦，不會在那邊鬼吼鬼叫。」

搬到重新規畫的鳥街後，我們全家住在店樓上，有次我爸睡前下樓鎖鐵捲門，不知道是哪隻鳥用詭譎的女聲柔喊我爸的全名，嚇得他摔下樓梯，坐骨神經痛了好幾個月。

可能風水不好或是新環境適應不良，店裡連續死了好幾隻愛情鳥跟玄鳳，那隻灰鸚鵡也變得精神不振，幾乎把飛羽都拔光了，底層的毛炸開來，根本就是雞毛撢子，我爸把牠藏在底層的鳥籠裡，以免客人一進來就嚇得奪門而出。

剛好那時也是我學說話的年紀，我坐著學步車在店裡橫衝直撞，那些鸚鵡的叫聲不斷刺激我尚未發育完全的耳膜，覺得不舒服就放聲大哭。我媽忙著在小房間裡餵雛鳥吃奶，聽不見我的哭聲，我只能雙腿一蹬，學步車用力撞擊鳥籠造成更大的震動，鸚鵡嚇得振翅尖叫，我媽出來看到這一幕氣得把我抓起來打。

後來和我媽聊到這件事，她很驚訝我還記得，連忙道歉。

「阿禾啊，你又沒有說你耳朵痛，我只看到你在欺負牠們。你也知道我們家就靠這些鳥，如果都死光了要怎麼把你養大？」

「拜託，媽，我那個時候又還不會講話。」

「對，你只會在那邊嗯嗯啊啊地叫，快把我急死了，我一直叫你爸帶你去看醫生，他都說再等一下，等神明開示喔，眞的是被氣死。」

「哈，等和尚開示。」

藍寶是我們家從繁殖場引進的第一隻和尚鸚鵡，身上是湖水藍與淺淺的灰，我不太清楚爲什麼這個品種叫做和尚，不過自從牠來店裡，就像有法師作法一般，奇妙地改變了鳥店的氣氛。灰鸚鵡不再啃咬自己的羽毛，剩下的愛情鳥生下幾顆成功受精的蛋，我媽又引進幾隻玄鳳陪伴原來那隻，也有幾隻金太陽賣了出去，折衷甚至學電視唱起了卡通主題曲。

除此之外，藍寶還教會了我說話。

那時的牠還沒有名字，被我媽放在小房間的雛鳥箱裡，她拉一個小板凳讓我站上去看那隻藍色小鳥，在保溫燈的橘黃光線之下，還未長好的羽毛看起來像是淋濕縮了起來，藍色與灰色混雜在一起。

當時還沒有色彩與鳥類品種概念的我，可能覺得藍中帶灰的混色就是一種常見的顏色。牠和我一樣不說話，跟其他那些吵鬧的鸚鵡完全不同。

不過隨著羽毛一根根舒展開來，露出藍與灰之間明顯的界線，沒有視覺障礙的我才明白那是兩種完全不同的顏色，以微妙的分界共同展示著。同時牠的羽毛蓬鬆了起來，徹底覆蓋住原本的坑洞，身體的形狀變得清晰，小小的鳥喙變成堅硬的粉紅色，牠說出第一句話的口吻根本就是我媽的翻版。

藍寶確實就是一隻鸚鵡，而且還是會說話的那一種。

「我跟藍寶，到底是誰先說話的？」

「應該是你吧，如果我兒子說話還要一隻鸚鵡來教，我這個做媽媽的也太失敗。」

「妳本來就不太會帶小孩，妳比較會照顧鳥。」

「照顧鳥確實比照顧人簡單。」

「那妳幹麼生我？」

「傳宗接代呀，這間鳥店才有人繼承。」

「我才不要一輩子窩在這裡。」

「拜託，你以為我就想喔。」

「妳不一樣，妳很喜歡鸚鵡呀。」

我媽聽到我這樣說，翻了個白眼。

我媽確實喜歡鳥，也樂於照顧這些嗷嗷待哺的小東西，但要不是愛上繼承家裡鳥店生意的我爸，她應該一輩子也不會養鳥。也許是因為沒日沒夜地照顧這些鸚鵡，再加上與之前養野鳥的心態完全不同，野鳥死了再抓就有，鸚鵡的成本怎麼算都比較高昂，這樣的壓力讓她喘不過氣來，改變了原本要生兩個小孩的計畫。

生一個就夠了，反正有這麼多鸚鵡陪他。

她一定是這麼想的。

難怪自從學會說話後，我的性格大改，變成一個話說個不停、不馬上表達出來會受不了的小屁孩，我媽每次都嫌我太吵，比鸚鵡還要吵。後來我幫藍寶取了名字，我爸媽本來還有點抗拒，除了拗不過我的舌粲蓮花，看在當時市場對於藍色鸚鵡的接受度不高的狀況下，不知不覺中，藍寶就成為我的專屬玩伴了。

這樣看來，小時候的我其實也滿缺愛的。

長大之後，我對鸚鵡為什麼會說話這件事感到好奇，看了一些書。有種說法是，鸚鵡是群居的動物，牠會把飼主視為最親暱的伴侶，為了引起關注而模仿人類說話的聲音；另一種說法是，如果鸚鵡從雛鳥時期就常接觸人類，很有可能從出生那天起，牠就沒有意識到自己是一隻鸚鵡，而是把飼主當成同類在相處，很自然地學習人類的語言。

第二種說法聽起來要掉進「子非魚，安知魚之樂」的哲學辯論裡，我卻愈想愈覺得合理——藍寶確實從來沒有認為自己是一隻鸚鵡，或許是因為我給了牠名字，那讓牠覺得自己和其他鸚鵡不一樣，擁有了特別的地位。

我的童年都和藍寶玩在一起，我們一起顧店、一起吃飯，等到我上小學了，放學時間一到就衝回家，藍寶陪我寫功課、背唐詩、看卡通，然後偷吃我的橡皮擦，把它啃得坑坑疤疤。

在店裡的時候，我無時無刻不和藍寶說話，到了學校我也忍不住一直提到藍寶，放學後同學特地繞來鳥街看牠，但是太多人盯著牠看就鬧脾氣，一個字都不說，只發出粗啞難聽的叫聲。有同學說我是騙子，藍寶根本不會說話，還說藍寶根本就是便宜鸚鵡，難怪很笨。

我又急又氣，把牠從鳥籠裡抓出來，讓牠站在我的手腕上，我用手指梳著牠後頸的毛，不停重複自己的名字，藍寶突然用力咬了我的手腕，把皮都扯了下來。

妳看，就是這個疤痕。

後來我在學校變成了風雲人物，傳說我養了一隻會吃人肉的鸚鵡，我覺得很威風，還會故意把沒完全結痂的傷口露出來給別人看。後來老師找我媽約談這件事，她沒收藍寶，把牠關到很高的鳥籠裡，我只能趁她出門以後偷偷踩板凳，把手伸進籠子裡面摸摸牠的羽毛。

不過老實說，我很害怕再被牠咬一次。

雖然當時年紀還小，我也知道是自己沒有好好對待藍寶，牠才會張嘴咬人，但是我仍失去了原本對牠百分之百的信任，現在回想起來，或許就是那個瞬間，我不再把藍寶當成同類看待。

妳記不記得，我們的小學老師不是都會教「擬人法」嗎？

我去翻國語辭典裡的定義：

一種修辭的方法。是以人類的性格、情感，賦予人以外的其他事物。[1]

會不會因爲那個時候寫了太多擬人法的修辭練習，我在不知不覺中把藍寶當作一個人看待，因此難以理解牠擁有保護自己的本能？還是我只不過是無法接受最好的同伴攻擊我、背叛我的感覺？

無論到底是什麼原因，我只知道除了那股怪異的排斥感，我是多麼想和藍寶重修舊好，回到原本陪伴彼此的日常。

有天我回到家沒聽見藍寶喊我的名字，我站上椅凳，伸出手指在籠子裡撈著，什麼也沒有。

抬起頭，才發現自己已經長到看得見鳥籠裡頭的高度，那裡只有一坨坨藍色與灰色的羽毛，被鳥屎黏在籠底。我爬下板凳，連忙查看其他養著和尚鸚鵡的鳥籠，沒有藍寶的影子。

原來在我上學的時候，藍寶被我媽賣掉了。

那時我才十歲，感覺根本就是世界末日，這輩子再也見不到藍寶了，牠不知道被哪個壞人帶走，說不定是個戀羽癖，把牠漂亮的藍色羽毛統統拔光收藏起來。

想到這裡我心都碎了。

藍寶被賣掉後幾個月，我升上五年級，在放學途中的黃昏市場裡遇見了牠，現在回想起來眞是個奇蹟。

一個阿婆背著竹製鳥籠，裡頭裝著一隻和尚鸚鵡，一拐一拐地走著，牠那身藍色羽毛我一眼就認了出來。後來我們家也引進了新的和尚鸚鵡，藍、綠、黃都有，可是我始終覺得藍寶身上的藍和其他隻有所不同，妳可以說那不過就是湖水藍，我覺得還要再混一點黃與紫才調得出來那種特殊的氣質。

阿婆停下腳步彎腰向前傾，想在人群中搶到沒被壓爛的便宜橘子。我湊過去靠近鳥籠，裡頭傳來尖銳的叫聲：「阿禾！阿禾！」藍寶也認出我，興奮地拍動翅膀，在傾斜的鳥籠裡跳著舞還一直瘋狂拉屎，像隻不受控的小猴子。

嘈雜的人群中，有點重聽的阿婆沒有察覺到異樣，直到她挑完橘子，老闆娘注意到我正隔著鳥籠和藍寶玩著。「這是妳孫子喔？沒看過哩。」

阿婆這才轉過身，發現我的存在。

「藍寶，藍寶。」她嘴裡輕輕念著。

她沒有幫牠取新名字，我心頭一緊，好想把藍寶用力抱在懷裡。

那天下午，我坐在阿婆家的客廳跟藍寶玩，那裡與其說是客廳，不如說是個小和室，木製地板上放著藍寶的鳥籠還有一些飼料跟茶具。這裡是唯一能席地而坐的地方，只要跨出這個小和室，走路必須要踮起腳尖才不會踩到散落一地的各種東西。

打從七歲開始，我媽便訓練我顧店，我觀察到好多年齡不小的阿姨和阿婆很常來看鸚鵡，她們大多都是一個人來，偶爾結伴跟逛百貨公司一樣，通常都不太會買。有個奇怪的阿婆很喜歡帶自己種的有機葵花籽給鸚鵡吃，還有個阿婆很喜歡研究不同的鸚鵡叫聲，認眞地蹲在一旁用錄音筆錄音。

有些阿婆會來看同一隻鳥很多次，有隻金太陽很受歡迎，可能是因爲牠很親人，常用嘴喙磨蹭每個阿婆下垂的胸部，她們都被逗得笑開懷，像小女孩一樣。

她們都會稱讚我，跟我媽說「兒子很貼心會幫忙顧店」、「媽媽教得好」之類的話。有些買了鸚鵡的阿姨會邀我去家裡玩，我媽都會露出不失禮的微笑，等她們走了之後再翻個白眼。

「分明就沒生小孩，還在那邊講。」

「媽，妳怎麼知道她們沒有小孩？」
「哼，用膝蓋想也知道，小孩子不懂啦。」
「那我可以去阿姨家玩嗎？有小美冰淇淋耶。」
「不准去，你忘記要顧店囉？」

我才不管老媽呢，誰叫她把我的藍寶賣掉。

我們隨意玩著，藍寶站在我的肩上，不時用嘴喙親啄我的臉頰，心臟快速跳動產生的溫暖透過腹部的絨毛撫過我的皮膚，熟悉的親暱感讓我幾乎快哭出來。

忽然房間另一側傳來巨大聲響，好像有什麼東西掉了下來，藍寶大叫，我忘記把牠放回籠子，隨著我站起身牠騰空飛了幾秒，又降落在我的肩上，那瞬間我似乎發覺有些不太對勁。

來不及多想，我踩過地上的雜物到通往廚房的走廊上，阿婆撲倒在那，身旁是摔碎的玻璃盤跟切好的水果，棗子、蓮霧，還有剛剛才買的橘子。

我動彈不得，只愣在那裡看著她掙扎地爬起來，這時我才發現她的屁股與肚子非常大，跟頭還有四肢不成比例，或許是因爲在狹窄的走廊裡才顯得如此壓迫，也有可能我的注意力一直放在藍寶身上，沒有注意到她的模樣。

我下意識想要逃走，但是藍寶還在我的肩上。阿婆發出一陣可怕的呻吟，藍寶也跟著叫了起來，我感到左肩一陣刺痛，牠堅硬的爪子用力地戳著我的肉，翅膀撐開又收回。

我蹲下身，無法忍受地把藍寶抓起放到地上，牠熟練地跳過各種障礙物：黃色計程車造型的玩具車、黏著粉紅色假毛的逗貓棒、向日葵畫作的拼圖盒、生鏽的紫色腳踏車鈴、鏡面發黴的N牌望遠鏡、帽繩斷掉的棕色登山帽、八開黑色封面素描簿裡頭夾了一枝2B鉛筆、動物園賣的國王企鵝造型抱枕、幾張重複的日落白沙灣明信片、成套紅色小酒杯、掉漆的核桃酥鐵盒、凱蒂貓圖案的紅色雨傘、日本製機械錶、高三數學指考題本、卡通航海王裡的草帽……

直覺告訴我這些都是沒人要的東西，絕對不是阿婆買來自己用的。

藍寶跳進她鬈曲纏結的頭髮裡，我倒抽一口氣，牠身上會沾滿她的氣味，說不定阿婆和我媽一樣三天才洗一次頭，一想到那味道就有點反胃。

「少年家，小共我扶起來。」

阿婆大口呼氣在我臉上，我整張臉縮了起來，好不容易才把她扶起，她搖搖晃晃地往後坐在一張辦公椅上喘氣。

藍寶從那鳥窩般的鬈髮裡探出頭來，像是第一次見到我那樣直盯著我瞧，瞳孔不斷放大又縮小，直到那張椅子突然往下跌了一截，牠才像是突然認出我，對著我唱：

「阿禾！阿禾！」

「伊就是按呢『A-hô！A-hô！』直直叫，毋知咧叫啥。」

阿婆說著，把手伸到頭頂想安撫藍寶，牠看見阿婆的手指就乖巧地低下頭，被搔著自己理不到毛的地方而舒服地低鳴。

「啊，敢講你就是 A-hô？」

阿婆像是解開卡關已久的遊戲，眼裡閃過一道光，她抬起頭盯著我看，似乎現在才看清我的模樣。

我點點頭，阿婆露出了笑容，彷彿見到許久沒聯絡的朋友一樣。

「按怎寫？」

「呃，阿扁的阿，稻禾的禾。」

阿婆點了點頭，指了雜物堆中的另一張辦公椅。

「阿禾。」

她重複道，站起身踏過更多的雜物，把放在最中央的電視機打開，剛好在播我喜歡的卡通。

「你沓沓仔看，我閣去洗一寡果子。」

藍寶從阿婆的頭頂跳下，等我在電視機前坐好後，重新回到肩上，就像在店裡一樣。

我媽說，那個阿婆來店裡看過藍寶非常多次，說想要一隻藍色的鸚鵡，我媽問她要不要從雛鳥養起會比較親人，她問了價錢，搖搖頭又晃去別間店。

過幾天，阿婆又出現了，她指著藍寶問：

「伊開講、唱歌攏會使喔？」

「這隻很聰明啊，什麼都會。」

「我就佮意這款的，算我較俗咧好無。」

「歹勢啦，這隻非賣品喔。」

「拜託啦，就賣予我啦。」

我媽問阿婆之前有沒有養過鸚鵡，她點點頭。

「緣分啦，有緣來做伙。」

阿婆說，她以前在別家鳥店買過一隻藍色的虎皮鸚鵡幼鳥，養不到一年就生病死了。她捨不得鳥，就用保鮮膜包起來，抱著睡了三天三夜才埋在陽台的花圃裡。

我媽聽到這個故事馬上改變心意。她本來只想暫時隔離我和藍寶，除了擔心我再被咬傷，也覺得我跟藍寶太要好了，一個未來的鳥店老闆不應該這麼寵愛一隻價格與智力皆平凡無奇的鸚鵡，與其等到藍寶幾年後過世，我會跟那個阿婆一樣哭得半死，還不如現在就趕快賣掉。

長痛不如短痛。

有時候想起這件事，還是對我媽有一絲怨懟，不過當時已經升上國小高年級的我開始努力想變成一個大人，假裝自己很了解大人世界的運作方式。那時班上的同學不再流行比誰家養了什麼寵物，大家開始偷偷喜歡同班或別班的女生，誰比較受女孩子注意，誰就是風雲人物。

學妹，妳還記得第一個喜歡的人嗎？

那個時候，每個男生至少會喜歡一個女生。現在的我偶爾會想，會不會我只是把對藍寶的情感轉移到第一個喜歡的人身上？我其實根本沒有那麼喜歡她？

可是我又記得關於她的所有事情。她是五年八班的副班長，比我高出一個頭，很常綁馬尾，名字的筆畫是三十一畫，喜歡巧克力口味的小泡芙，躲避球很厲害，唯一一次在學校哭是她們班大隊接力輸給我們班。

即使如此，我也不知道她現在過得如何。

那天之後，我偶爾會去阿婆家，看藍寶其實就是看看阿婆。

有次她不知道從哪裡挖出一疊相簿，一本本地翻，終於找到一張邊緣都發黴的相片，年輕的她跟某個男人站在沙灘上。她穿著紅色連身泳裝，身材勻稱尚未發胖，男人打著赤膊，右手臂上停著一隻鸚鵡，兩人都笑得很開心。

「伊就佮意藍色的鸚哥。」

她並沒有解釋那個男人是誰，好像我本來就知道似的。

我把照片拿近看，那隻鸚鵡和藍寶不是同一種，應該是更大型的鸚鵡，昏暗的燈光裡，我連那個男人的臉都看不清楚。我跨過雜物走向窗邊，外頭的光透過霧面玻璃窗斜照著房間的一角，相片裡的鸚鵡並不是藍色的，而是一隻黃頭白腹、背部翠綠的鳥。

但那確實是一隻鸚鵡。

牠的上喙很明顯比下喙還要大，像唇一般的尖端可以探知所有事物的溫度、觸感與好壞，從很小的時候我就知道，當藍寶允許我輕輕撫摸那裡，代表牠信任我。

應該是因爲阿婆家裡的燈光不足，她又有老花眼而看錯鸚鵡的顏色。我看她又忙著整理，蹲坐在一堆衣服裡頭，不斷地把衣服一件件打開審視，再仔細折好，那些全是顏色華麗的連身禮服，合身的剪裁是設計給苗條的少女穿的。

我想起某天和同學經過火車站附近的女裝批發街，遠遠地看見阿婆背著藍寶在二手衣店裡逛著，不知道爲什麼我竟然害怕藍寶看見我、叫出我的名字，我趕緊撇過頭去，腦海裡卻是阿婆艱難地彎下腰，把那些浮誇的禮服拿起來比對的模樣。

我再次凝視相片，藍天之處一片泛黃，似乎也不能百分之百確定這隻鸚鵡眞正的顏色——我忽然想到一個更合理的可能，也許是阿婆記錯了，那個夏天的海與天空太過絢爛，讓她的回憶只剩下藍色。

一陣嘹亮的叫聲響起，我和阿婆同時抬頭尋找藍寶的身影。牠在房間的另一角，嘴裡銜著使用過後洗乾淨的免洗筷，放下，用爪子拉起卡住的衣架，再用嘴叼著，牠似乎又瞄到更好的東西，跳到抽屜附近挑了好久才找到滿意的鉛筆，又把它叼到同一個地方。

走近一看，原來藍寶在築巢。牠找到阿婆上週帶回來的腳踏車置物籃，四方都有縫隙能讓牠把各種物品插進去，牠自豪地鳴叫，像在炫耀自己的建築才華。我忽然發現原來藍寶和阿婆這麼像，他們都喜歡撿拾各種別人不要的東西，透過巧手改造成自己喜歡的模樣，只有在這裡，藍寶才能活得快樂。

我沒有多想就伸出手，還沒摸到那個塑膠籃之前，藍寶從裡頭飛了出來，牠尖銳的叫聲割著我的耳膜，但是牠很快著地，帶點力道卻不至於流血地啄著我的手，像是想要警告我。

這時我才注意到牠的飛羽被剪斷了，那裡的羽毛本來隨著光線折射呈現各種湖水的藍，現在被毫無感情地切開，就像把記錄美好回憶的相片剪成兩半一樣。

之後我愈來愈少去阿婆家玩，一方面是升上國中後，覺得一直跑去一個老太太家裡玩鸚鵡似乎有點奇怪。另一方面，我也知道自己再也不是藍寶心目中的第一順位，那仍讓我感到有點嫉妒，卻也鬆了口氣。

「小鳥和人一樣，都是善於嫉妒的物種，餵牠們吃東西千萬要公平，也要平均分配跟牠們玩耍的時間，特別是聰明的鸚鵡，牠們一眼就看得出來你偏愛誰。」

顧店的時候我媽就這麼說過了，我卻直到現在才懂她的意思。

學長說完故事，我們身邊充斥著連續不斷的鸚鵡叫聲，像是白噪音，一股烘乾的味道撲鼻而來，是那些剛曬過太陽的羽毛。忽然一隻公雞從隔壁的店家遊蕩過來，所有鍊在站台上的鸚鵡大聲起鬨。

學長起身把那隻雞趕了回去，遠處的綠燈亮起，成群的機車快速駛過引起一陣風，把站在最外側的巴丹鸚鵡的白色羽毛吹得變形，牠縮起了一隻爪子，腳鍊搖晃響著金屬聲，我才發現牠們的鍊子都用掛鎖扣住，不知道是害怕有人順手牽羊，還是鸚鵡眞的太過聰明，懂得解開鎖鍊。

學長說，那幾隻玄鳳跟金太陽比較親人，可以試著把手放到鳥爪前，如果牠信任人，就會自己跳上手。

我仍然不太敢觸碰牠們。

走進店裡，學長站在洗手台前，水龍頭開著，一隻小鳥正在玩水，不時振翅愉悅地叫著，直到學長把牠放到木製的手工站台上。牠抖動身體，濕成灰色條狀的羽毛逐漸展開，直到那個藍色浮現，我才認出牠是藍寶。

牠的左腳也被鍊著，因爲那些飛羽已經換過一輪長了回來。牠微微地向左傾斜，撐起尾羽，脖子大幅度地往後一扭，勤勞地用嘴喙順著一根根翹起的羽毛，學長看著牠的眼神仍舊充滿了愛。

「後來，我再也沒有見過藍寶還有那個阿婆，有時候甚至忘了那些回憶，他們就好像和我的童年一起消失了。我想是因爲長大之後世界變大了吧，太多有趣的人事物吸引了我的注意，包括妳。」

他抬起頭看著我，深深吸了一口氣。

「上大學後某天，我媽突然打電話給我，說藍寶回來了。原來那個阿婆後來生病就不太出門，一個人在那個房間裡默默走掉，幾天後才被鄰居發現。幸好藍寶沒有被鍊起來，牠很聰明，找到飼料的袋子扯開來吃，活了下來。阿婆的姪女把藍寶送回來給我們，她說阿婆一直以來都是一個人，最後有隻鸚鵡陪她，很謝謝我們。」

藍寶整理完羽毛，跳下站台。即使可以飛翔，牠仍習慣地用爪子和嘴喙拉扯著學長的衣服，把自己拉到他的肩上，那動作有點緩慢，看得出來已經是隻老鳥。學長微微地轉過頭，牠用喙蹭了蹭他的臉頰，讓牠跳到手上，再把牠放到了我的肩上，那是我第一次感受到鳥的重量，原來這麼輕又這麼熱。

很久很久以後，我也決定養一隻鸚鵡。

養寵物鳥的入門書寫道，鳥類其實無法製造藍色色素，是羽毛表層的角質蛋白內建了奈米尺度的結構反射了藍色波，我們才能看見如此特別的藍。

我打開手機找到與學長的聊天室，上次的對話停留在一年前，我祝福他新婚愉快。他並沒有邀請我去婚禮，倒是寄了一盒沉重的喜餅過來。

或許學長早就知道這種藍是如何形成的。

我閉上眼睛，腦海浮現記憶裡的那個藍色。想起那天回家的路上，鳥鳴聲逐漸遠離，我的耳裡仍殘留餘響，心臟仍用力地跳著，就像快見到所愛的人那樣。

1 參見教育部《重編國語辭典修訂本》。

開始

比起製作大型哺乳類的標本，安安更偏好鳥類。

除了體積小，製作時間短，沒有什麼特殊的屍臭味之外，她喜歡一邊剝製，一邊想像手裡的那隻鳥在飛的樣子。其實大多數的鳥能不飛就不飛，飛行可是很耗體力的事。

有時候，安安走在路上會遇到搖搖晃晃的鴿子，自從開始製作標本，她觀察鳥類的方式就完全改變了——牠的頭部永遠維持在同一個水平往前移動，只有身體左右搖擺，忽然人一靠近，牠身子一縮，嗶的一聲張開翅膀往上飛去。

這個世界並不是只有鳥類才會飛行。

不過安安就是著迷於這一瞬間。她想知道鳥的飛羽究竟是如何被創造出來的，她在圖書館裡找到一些與演化相關的書，不太懂那些化石、什麼紀什麼世之類的艱澀詞彙，她跳著看，只要遇到有關鳥類的段落就停下來細讀，反覆地讀著就好像明白了什麼。

書上說，鳥類是從恐龍演化而來的。但是早在牠們學會飛行之前，就已經演化出羽毛、氣囊、中空的骨頭、還有特別快的生長速度，這些看似爲了飛行而出現的特徵——其實恐龍身上的羽毛是用來保暖、嚇阻敵人，或是求偶的絢爛裝飾，飛行這個功能則是成爲鳥類之後的事了。

也就是說，將羽毛的功能轉化爲飛行的某些恐龍，在環境變動中存活了下來，最後變成我們所見到的鳥類，牠們撐開翅膀，隨意地從我們身邊飛過。

當然，沒有哪件事情是在妳所想的那個時間點才開始的。[2]

鳥不會爲了飛翔而創造出羽毛和翅膀，在成爲自己之前，牠們改變了身體的使用方式，成爲了新的物種。

夏日的烈陽照射之下，安安緩慢的步伐不知不覺地踏進了公園的草地，小孩放開了她的手向前跑去，那雙小手在她眼前來回晃動保持平衡，手心與手背擁有同等的粉嫩，尚未被這個夏天的太陽侵蝕變色。

他踩到了一塊異物出聲驚呼，打斷了安安的思緒。

那是一隻死掉的紅嘴黑鵯。黑色的身軀被雜草覆蓋，可以是任何事物的影子，若不是剛好被小孩踩到，他們永遠不會發現牠的存在。

蹲下身，安安和小孩凝視了那幅景象好一陣子，不知道什麼時候，她的左手又牽起了那隻小手，兩個手心黏在一起很快流滿了汗。那隻鳥很明顯已經失去了生命，身上的羽毛卻只是像弄亂、髒掉了，雜揉成一團垃圾袋般的漆黑。

小孩伸出另一隻手的食指，碰了碰那亮紅色的嘴喙。

安安好久沒有撿到鳥了。她輕輕地拾起那個身體柔軟又潮濕的觸感，另一隻手牽著小孩踏上大理石階梯，走入博物館的側門。

今天是休館日，大廳玻璃圓頂內部的燈並沒有亮起，只有陽光透過北邊的拱型廊窗射入，斜斜地照亮大廳中央的裝置。

那是一棵請藝術家製作的透明之樹，壓克力板切割成各種大小的盒子組裝而成，各種樹的枝幹鑲嵌其中，那些在地面啄食的鶺鴒、樹幹上的小啄木、碗狀巢裡育雛的家燕與凝結在空中的猛禽，全部都是安安製作的。

雖然過強的光線會損害標本，這間博物館最大的特色就是在大廳定期展出藝術家與標本師合作的裝置。上期展出的亞洲象，孩童與家長都非常喜歡，保全大哥說，有些人在大廳拍照的時間還比逛展的時間多。

如果在博物館開門的日子拜訪這裡，玻璃圓頂的光線將沿著那些展翅的飛羽邊緣發亮，想像的氣流在下方旋轉著，最外圍的初級飛羽順著氣息舒展開來，雙翼所構成的輪廓得以辨識是哪一種隼或鷹；放置在樹枝上的伯勞、山椒鳥與畫眉，亮麗的羽毛柔順地服貼頸部與背部，些許陰影落下的地方則略顯暗沉；唯有在底部覓食的鷺科，參觀的人可以近距離看清所有細節，頭頂的飾羽與全身的蓑羽呈現飄逸的絲狀，只要身體一動就會隨之顫抖，引起同類的注意。

不過今天只有傾斜的陽光幽微亮著，小孩無法清楚看見這些。

壓克力板似乎變成完全透明，只剩下各種顏色的羽毛飄蕩在空中，彷彿一朵朵彩色的雲。安安依照館長的指示，這棵樹上展出的全是經過挑選的完好成鳥，人們可以從展示看板上的圖樣輕鬆分辨每一種鳥類。

有隻五色鳥放置在樹梢的突出之處，非常顯眼，陽光的角度剛好，小孩很快就找到牠了。那頭頸之間的鮮豔就像用彩色筆塗上去似的，他喜歡一筆一筆地加重色彩，很快地圖畫紙濕透就要變成碎屑，小孩的手也逐漸紋上各種顏色，最後混成一塊塊瘀青般的紫褐色。

安安想起自己剝製的第一隻鳥，五色鳥幼鳥，不如老師拿出來的那隻成鳥標本的毛色亮麗，好似蒙上了一層淡淡的霧氣。

那年她大學四年級，爲了完成畢業製作報名了鳥類標本班，聽同學說只要忍受幾天處理鳥屍，就能蒐集到很多不容易取得的羽毛。克服第一隻鳥的恐懼後，安安逐漸迷上了製作標本，最後她完全忘記要蒐集羽毛這回事，只好大改畢業製作的設計概念，草草地從服裝設計系畢業後，就投入了標本師的工作。

根據撿拾者留下來的資料，這隻還沒長大的五色鳥是撞到玻璃窗後死亡。安安將棉花放進嘴喙裡吸出不少血，不過頭部仍是完整的。喉部的黃是蛋黃色，額頭的黃則較淡，延伸至後方的青藍，眼框周圍是黑藍色，仍有些青藍占據下眼瞼與眼角周圍，鮮豔的紅點綴在喙的上方，還有粗硬的剛毛竄出就像人的鬍鬚。

那些羽毛細柔地搔著她的指尖，顏色則接近油畫筆法層層疊加，從青藍又轉爲赤黃，銜接夏日樹葉般的綠，延伸至尾羽則是底層灌木的綠。即使陽光透過工作室的玻璃窗落下，那些顏色仍閃著螢光彷彿剛染好，無論色彩多麼絢麗，翻開羽毛的根部皆是墨黑。

好漂亮。她不知道該如何形容，只能這麼想。

展開兩側的飛羽，那裡不如胸腹的羽絨柔軟，剛硬地刮著手，羽根與翅膀骨架相連，背部則有些硬如指甲的羽鞘，等待正確的時機才得以破鞘，綻放鮮豔成熟的正色羽毛。

不過，安安以爲五色鳥的羽色這麼鮮豔，在野外必定很容易找到。

直到很久以後，戀人帶她去爬象山，她們在眺望台喝水休息時，聽見五色鳥好認的叫聲，循著聲音、在樹林間仰望尋找，眼睛都花了什麼也沒看到，鳥聲卻伴隨著光線愈來愈響亮，一陣暈眩中，戀人找到了，就在她們原本坐著的石椅後方，那棵茄苳樹上。五色鳥不停鼓動著結實的胸肌歌唱，讓安安想起那兩塊肌肉之間的凹陷縫隙，裡頭長著細白組織摸起來的感覺。

她的手指不禁微微顫抖著，記憶連動她的觸覺神經，那讓她現在就想劃開一隻五色鳥的皮，沿著邊緣慢慢地剝，複習那些步驟。

那天晚上，她和戀人躺在一片黑暗之中說著話。

「欸，我們到底找了多久啊？」

「應該很久喔，我們一棵一棵地找耶。」

「幫我按摩啦，脖子好痠喔。」

「欸，妳會不會覺得很怪，五色鳥身上這麼多顏色，爲什麼還這麼難找啊？」

「這麼多顏色，就是要混淆妳的視線呀。」

「保護色對嗎？」

「嗯，可是牠又怕別隻鳥找不到牠，故意很大聲地叫：我在這裡喔！我的羽毛很漂亮喔！快來找我交配喔！」

「哈哈，最好是這樣啦。」

「樹枝孤鳥還是要繁殖呀。」

我也好想生一個我們的小孩喔。

快要睡著的時候，安安突然這麼說。

戀人沒有應聲，把那當成夢中囈語，卻可以感覺到安安在黑暗中正凝視著她。

後來她們就這樣沉沉睡去。睡夢之中，安安踢到抱枕驚醒，以爲那個夢想中的小孩已經誕生，躺在她們之間。她坐在床上，努力讓呼吸平緩下來，聽見身旁的戀人偶爾打鼾。她鑽進被窩抱緊了她的身體，熟睡而灼熱，臀部裹在棉被裡更冒出了汗。

安安深吸一口戀人的體味，那讓她的身體逐漸鬆了開來。

如果小孩是戀人的，那應該也會有她的味道吧，她這麼想。

幾個月後，戀人終於答應她。

她們坐飛機去美國，那顆戀人的卵子與未知男人提供的精子，結合成受精卵，成功植入安安的子宮裡頭，開始不斷分裂長成她們的小孩。

「我問妳喔，懷孕是什麼感覺啊？」

「嗯，很難形容欸。就是每天都可以感覺得到他長大一點吧。是眞的長大喔，有東西在裡面，愈來愈膨脹的感覺。」

「好難想像喔。」

「還有很熱，感覺快燒起來了。」

「要不要開冷氣？」

「不要啦，我只是不想蓋棉被而已。」

安安踢開身上的棉被。戀人只好側身輕輕抱住她，手覆著肚子像是要保護什麼，卻又忽然感覺到她炙熱的體溫，手縮了回去，怕這樣抱她會更熱，就只是輕輕靠著她的背。

「子宮有沒有哪裡不太舒服？」

「妳是說宮縮嗎？沒那麼快啦，才幾個月。」

「不是啦。我是說，子宮裡面的不是妳的卵，而是別人的……我的意思是，妳有沒有覺得哪裡怪怪的？」

「什麼別人的，不就是妳的卵嗎？」

戀人摸著她的頭髮，彷彿正在摸一隻貓。

「對不起。我不該問這種問題。」

安安聽到她的道歉就笑了出來。

「妳真的想太多了啦。我們之前不就說好了，一個出卵一個出子宮，妳不覺得這樣很好嗎？」

「嗯。如果沒有別人的精子就好了。」

戀人的語氣聽起來似乎鬧著情緒。她撫摸那日漸隆起的腹部，像在摸一顆立體的浮雕地球儀，手指沿著那略微凹陷的紋路走著。

「如果可以像鳥一樣生顆蛋就好了。」

「哈哈，那妳要負責孵蛋喔，上班也要記得帶去孵喔。」

聊著聊著，她們緩緩睡去。

接近清晨的時候，戀人翻動身體把安安吵醒，她抱著她，髮絲覆蓋在臉上，露出了一隻停歇在後頸的麻雀，只剩下黑色的輪廓。

那是戀人送她的第一個禮物。

那時她們認識不久，戀人知道安安是標本師後澈底被她吸引，於是到處找死掉的鳥。

她才發現，原來在都市裡很難找到新鮮又完整的鳥屍，野地找到的都被吃到一半剩下骨頭，或是早已經曝曬風乾，毛與皮皺成一團。

直到有次戀人和朋友去山上露營，回程在某個部落休息時，她蹲在路旁抽菸，早上似乎下過雨，水混著泥濘在柏油路上流淌，她盯著那幅景象發呆，雲飄過讓陽光灑了下來，原來有隻棕灰色的小麻雀與骯髒的地面融爲一體。

一路上她手裡緊握著牠，指尖的菸味似乎蓋過了那股死去的氣味。抵達平地後，戀人的手機終於收到訊號，那張照片才順利傳送出去。

這隻妳有興趣嗎？

啊，可憐的小鳥。

手機傳來訊息通知聲。戀人想像安安看著鳥屍的樣子，她知道那雙眼睛必然閃過類似掠食者的光芒，那讓戀人感到一陣興奮。

隔天，戀人帶著那隻麻雀去找安安。牠躺在安安的手裡就像睡著或被麻醉了，小心地把牠放到秤重機上記錄重量，再放到鋪了兩層報紙的工作桌上，用指甲輕輕梳理牠的羽毛，如同擺弄一隻絨毛玩具。

那是她不知道第幾次以這樣的方式凝視麻雀這個鳥種，卻是戀人的第一次。

「爲什麼要這樣看著牠呀？」

「嗯，因爲要記住牠現在的模樣啊。等一下下刀之後皮會鬆開，肉被挑出來羽毛也會亂掉，所以要趁現在好好觀察牠原本的樣子。」

「爲什麼不拍照記錄就好，不是比較準確嗎？」

「也是可以，但我覺得有些細節是相機拍不到的，嗯，這有點難解釋。」

「那可以用畫的嗎？」

安安點點頭。

戀人在桌上找到了一枝自動鉛筆，手指略微顫抖地將那隻麻雀的模樣記錄下來。在她的筆下抹去了顯眼的棕褐色，留下的黑與白拼出嘴喙與翼帶，腹部與臉頰的線條。

「等等，我怎麼覺得哪裡怪怪的。」

安安凝視著戀人的畫作幾分鐘，然後從書架上找出一本鳥類圖鑑對比。

「妳看這裡，臉頰上的黑斑不見了。」

「哇，所以這是一隻山麻雀。」

她們正式交往後，戀人把那隻山麻雀的速寫重新繪製，刺在後頸當作紀念。

當然，戀人身上不只有這個刺青。

安安想起第一次凝視她毫無遮蔽的身體，那些躲在胳臂、恥骨與大腿之間的圖樣，必須翻開才得以辨識。她翻動著肉與肉之間的縫隙，感覺皮膚底下的骨頭形狀有些彎曲，有些筆直，安安忽然覺得自己正照著一幅立體的全身鏡，那相似卻又隨著光的反射而扭曲的身體，讓她的心裡產生一股震顫。

她俯身向前，親吻著戀人後頸那個她最喜歡的地方，有時候藏在頭髮後面，有時候剪短了，那隻山麻雀就露了出來給人看。

撿鳥需要碰運氣。自從撿到那隻山麻雀後，戀人又陸續在公園花圃、河濱、停車場、墓地撿到白尾八哥、台灣藍鵲、黑領椋鳥、喜鵲、白頭翁等，除了夜市裡一隻被壓扁的綠繡眼雛鳥之外，其他的鳥塞滿了工作室的冷凍櫃。

這個世界彷彿有某種定律存在，隨著她們的感情逐漸穩定，戀人愈來愈少撿到鳥，那些標本製作完成後編號，以研究用途的名義一個個收藏在博物館的庫房裡。

「能撿到山麻雀眞的很幸運，整座島好像剩不到一千隻喔。」老師看到安安製作的標本，感嘆地說。

那個時候，戀人是不是已經把這輩子的運氣都用完了？想到這裡，安安莫名產生一絲不祥的預感。

她側身躺著，伸手撫摸那隻灰色與膚色交織的山麻雀，隨著戀人的呼吸微微上下起伏著，感受底下跳動的脈搏，彷彿那顆小巧的心臟仍在那，勾勒翅膀的力道將所有的墨水都注入，隨著時間在尾翼尖端暈了開來。

子宮忽然一陣痙攣。

她深吸一口氣，感覺肚子裡的東西在動，那似乎已不再是一顆受精卵，而是即將成為小孩的前身，這個未知的生命體不停地吸取她的養分，在她的體內擴張，毫無克制地刺激她的一切。

那讓她想起她們的性。

起初幾次做愛，安安也想把手指放入戀人的陰部，她卻拉開那隻靈巧的手，一股挫折感湧上心頭。

「求求妳，人家也想讓妳舒服嘛。」

「嗯，可是我覺得這樣很奇怪……」

「妳不是也用手幫我？妳不也是女生嗎？」

「妳開心我就開心了啊。」

「妳是不是覺得我的手很髒？」

「我沒有這樣想。」

被拒絕幾次後，安安放棄了。

之後她只能隔著內褲，撫摸戀人陰部那隆起與凹陷之處，感覺底下的毛髮濕透成條狀並滲了過去，可是她心底清楚知道，這不過是受到刺激的生理反應而已，不帶有任何情慾的成分。

腹部的痛楚持續從深處傳來，她想叫醒戀人卻動彈不得。

想像的手指在山麻雀的腹部上方，順著退冰而逐漸濕掉結塊的羽毛，一塊暗紅色的無羽區裸露出來，她拿起刀片，在那光滑的皮膚上劃了垂直一刀，堅定沉穩，像是做過這個動作幾千次了。

用鑷子拉開那層薄薄的皮，露出鮮紅色的肉塊組織，一絲一絲白黃色的混濁脂肪黏在上面，她改用手拉著皮，再用鑷子將皮與肉慢慢分開。一股說不上來的味道逐漸揮散開來，她想了好久，才想起是小時候養的狗太久沒洗澡的味道。

轉眼間，她已經把大腿骨與肩胛骨切斷，完整的肉塊連接著脖子放在報紙上，她將鳥的頭部放在手心，剖開的皮反過來沿著脖子慢慢褪去。兩隻大拇指在鳥皮上摩挲著，拿了噴瓶裡的水朝那反過來的脖子噴濕，蘸了點硼砂混著增加摩擦力，緊繃的皮很快地褪了下來，露出巨大的眼球占據了整顆頭部。

那是一場近乎完美的演出。

即使是山麻雀體型如此小的鳥，安安可以不弄碎一支骨頭，精準地從頭骨內扯出舌頭連結著的身體，把眼珠取出，同時保持眼皮旁邊細毛的完整，刮掉所有附著在皮上的軟黏脂肪，任何一個羽鞘都不曾弄破。

她用鑷子把頭骨後方戳開一個洞，把一小塊棉花塞進去，再抽出時滿是血與腦漿，再塞一塊進去，抽出，重複數次。

要清得很乾淨，標本才不會生蟲，她將頭骨清到半透明狀，後方的洞愈戳愈大。

什麼時候女人的手指可以取代男人的陰莖？什麼時候一個女人可以生下另一個女人的孩子？什麼時候妳開始愛我，決心要和我有一個孩子？

沒有哪件事情是在妳所想的那個時間點才開始的。

安安記得戀人這樣回答。

可是她也記得那個問題：妳有沒有覺得哪裡怪怪的？

戀人的卵子與他人的精子在她的子宮裡結合，是不是讓戀人感到怪異甚至厭惡？子宮帶來的疼痛脹滿了她的意識，那隻解剖到一半的山麻雀忽然起身飛走，她叫出聲，驚醒了身旁的戀人。

她們的孩子預計在夏末秋初出生，爲了享受最後的兩人世界，夏天剛來臨，安安的狀況也比較穩定，戀人規畫了三天兩夜的東部之旅。也許是因爲太久沒有一起旅行了，她們就像回到熱戀期，話講個不停，前所未有的幸福感降臨在她們身上，這種互相擁有的感覺是如此地好，安安甚至有點不想太快把小孩生出來。

旅行途中，工作室傳來消息，有人在西邊某個海濱撿到一隻小燕鷗幼鳥，剛破殼幾天不知爲何就被親鳥遺棄，冰在冷凍櫃裡等安安回去製成標本，會跟之前做過的成鳥湊成親子對，在下期特展展出。

剛好她們的民宿鄰近出海口，聽說那裡有小燕鷗築巢正準備育雛。旅程最後一天，她們避開了炎熱的太陽早早出門，車子在山丘上顚簸直到山脈靜止，戀人把車停在一座廟旁，她們緩緩爬下海堤往沙洲走去，大小形狀不一的石頭混著黑色泥沙高低起伏。走沒多久，碎石跑進鞋子裡，只能拖著腳步慢慢走到河與海的交接處，右側是太平洋的白色浪花，左側是緩緩的灰色溪流，等到與海水相撞才滾出黑色的暗潮。

安安只有一支倍率不算特別高的望遠鏡，後來她從博物館的研究員口中知道，也許是氣候或是河的流向導致地形改變，或某些人類無法得知的原因，那年從南半球飛來這裡的小燕鷗選擇了與以往不同的築巢地點，把巢築在對向的岸邊，從沙洲這側只能看見飛到浪尖抓攫魚的親鳥。

不過對於從未真正看過小燕鷗的人來說，每隻鳥都顯得新奇。

安安與戀人坐在隨著太陽升起逐漸溫熱的石頭上，輪流用望遠鏡追逐那些快速飛翔的身影，那隻做過的成鳥標本不斷浮現在她的腦海，與望遠鏡所呈現的影像有許多不同之處：鵝黃色的喙，前端帶有一點深黑，頭部像戴著黑色頭巾般露出一塊白色劉海，渾圓的雪白身體配上亮眼的黃爪子，飛羽末端則是漸層的深灰。

一切是這麼地鮮明。

海風吹拂，安安似乎聞到一股記憶裡專屬於海鳥的油脂味，從皮囊裡擴散出來，那是牠們在整理羽毛時，將油脂塗滿全身得以防水而產生的氣味。

她回想著，一不小心就跌坐在石頭堆上，腹部傳來痛楚，她卻只想著那股油脂味，隨著疼痛愈來愈濃郁，最後完全包覆了她。

失去子宮裡的小孩之後，安安反而對他的想像更加強烈，到了接近幻覺的程度，她沒有告訴戀人，也沒有思考過，這或許與她身為標本師有關。

有天安安下班回家，那段時間她正在處理那隻小燕鷗幼鳥的標本，不自覺回想起那天在出海口觀察的記憶，冷靜地回溯那些鳥類的細節，彷彿在討論一件與自己毫無關聯的事情，這讓戀人不知道該如何反應。

「我今天才想到，那天在花蓮忘記觀察小燕鷗飛起來的樣子了。」

「什麼意思？我們不是看牠們抓魚看很久嗎？我還記得公鳥會餵母鳥吃魚，妳那個時候有說，好像是在考驗公鳥覓食還有顧家的能力。」

「妳說的沒錯，可是我要說的不是這個，那個時候我太在意牠們的翅膀，我一直在看翅膀怎麼飛、怎麼擺動，還有羽毛的顏色跟方向。」

「我不懂。翅膀不是很重要嗎？每一根羽毛應該都有它的功用。妳做標本的時候，不是也要調整羽毛的方向嗎？」

戀人想起安安在工作室裡花最多時間的不是剝製，也不是縫合。

她總是永遠在調整一隻看起來已經非常完美的鳥，她會將鳥不停轉動，用不同角度觀察，再用鑷子轉動羽毛的方向。

那些羽毛濕潤後，捲縮成一撮撮乾硬的小毛，用吹風機烘乾後恢復原本的蓬鬆，輕易地覆蓋住腹部那條細小的縫線。這就是標本的祕密。

「妳說的沒錯。但我的意思是牠們飛起來的瞬間，那些小燕鷗怎麼從站著變成飛翔的樣子。」安安說。

她的表情仍有些困惑，戀人忽然明白她們說的不是同一件事。

鳥這種動物和哺乳類不一樣，牠們遇到危險就是張開翅膀飛走，安安觀察到那些飛羽如何依序展開，腦海裡那瞬間成爲慢動作不斷播放，但是在她盯著翅膀的同時，卻忘了凝視脖子彎曲的角度、眼球表層是否被瞬膜覆蓋成霧面、還有胸腹的肌肉用力程度差異爲何。還來不及好好凝視，牠就飛到看不見的地方了。

這時，標本師的想像力就是作品能否成功的關鍵。

觀看標本的人，心裡對於這種鳥或是那種鳥必然也有既定的想像。安安所追求的，除了鳥本身的物件樣態之外，同時還有觀看的人們共同的期待，而她擁有想像力與將想像化爲實體的技術，使得標本呈現某種超越自身的狀態。

正是如此，她也慣性地想像那個不曾降生的孩子。

這是多麼困難的工作，要如何將從未親眼觀察過的對象製作成標本保存？她的腦海浮現戀人的臉孔，五官，頭髮，身體的細節，男性的面孔與身體則是不斷變換著，可是這些元素都無法湊合成小孩的模樣。

安安離開博物館大廳，手裡緊握著那隻剛撿到的紅嘴黑鵯，像牽著小孩的手一樣，黏著土灰的羽毛很快地弄髒了她的手。

午休時間，她走進工作室，長桌上躺著一些剝製中的鳥，有些鳥快要完成，身上各處扎著大頭針固定；有些鳥剛剝完皮，兩隻翅膀往胸前交叉合起，將皮的內部遮住並蓋上布保濕；有些鳥的爪子底部穿出細長鐵絲，眼眶內是一片白色棉花暫時充塞，躺在桌上等待那些標本師回來，將牠們一一喚醒。

陰涼處的架子上暫時放著一些完成的標本，大小種類不一的鳥一排排躺在保麗龍板上，眼球與身體塞進白色棉花，頭骨被插入木棒固定，這種標本通常是爲了研究用途而製。

另一種直立式的標本則是爲了展示，內部塡入了假體，那是仿製取出的胸腹肉塊組織的雕塑，再將鐵絲穿入翅膀與爪子然後固定在假體上，陶土則代替頭部與眼窩的肉塡滿空缺，最後再將腹部縫合起來。

有時候，下午的陽光會從某個角度透過玻璃窗灑入工作室，照亮那些剛放入頭部的琉璃珠虹膜，顏色差異變得更加鮮明。每一隻年齡、性別與種類所呈現的虹膜都不同，標本師需要研究每種鳥的習性與姿態，將牠們還原成曾經活著的模樣。

一隻身上插滿大頭針固定的夜鷺幼鳥站在長桌的角落，橙黃眼睛與灰白交錯的斑駁羽毛，乍看之下好似大冠鷲，但是身形與嘴喙很明顯是一種鷺。安安還記得那隻她製作過的夜鷺成鳥，血紅色的眼睛，背藍腹白的配色與幼鳥完全不同。

她閉上眼，子宮還可以感覺到小孩的存在。

那個胎兒飽滿的頭部長出細軟的胎毛，隨著羊水游動，雙手緊握著連結他們的臍帶，如同出生之後握著她的大拇指。他睜開那雙與戀人一模一樣的眼睛，修長的睫毛、雙眼皮、眼角微微上揚。每當安安想像自己哺餵母奶時，那雙眼彷彿戀人枕在她的腿上，毫無防備地望向她，那讓她呼吸急促、心跳加快。安安嚥下口水，再次低頭凝視，不知不覺間那雙眼睛變了，如同夜鷺成年後蛻變，換成某個陌生男人的瞳孔。

她猛然睜開自己的雙眼。

那隻夜鷺幼鳥仍一動也不動地站在桌上，橙黃色的眼睛在陽光的照耀下發亮。

她清出長桌上的空位，將那隻紅嘴黑鵯的羽毛逐漸梳理開來，摸著牠柔順的身體，心裡默想著每塊羽毛與骨骼的名稱。

「這隻山麻雀是男生還是女生呀？」

「應該是男生，我看圖鑑，山麻雀雄鳥長得跟一般的麻雀比較像。」

「那一般的麻雀要怎麼分啊？」

「牠們公的母的都長得一樣，所以要切開那塊剛剛剝下來的肉，裡面如果看到兩顆小球，那就是睪丸；如果是一坨更小的球黏在一起，那就是母鳥的卵巢。」

安安撥開腹部那塊無羽區，灰色的皮底下是暗紅色的肉塊組織，手拿著刀片卻遲遲無法下刀，她從來沒有這樣過。

「我跟妳說，我有一個特殊能力喔，只要摸摸鳥的身體，就大概知道是男生還是女生了。」

「怎麼可能？妳不要騙我。」

「是真的啦，只有猜錯幾次而已。」

「那我再去找其他的鳥來，如果猜錯要懲罰喔。」

「什麼懲罰？」

「不告訴妳。」

安安撫摸那塊無毛的腹部皮膚，非常冰涼而柔軟。

這隻紅嘴黑鵯應該是女生。

那麼小孩是男生還是女生呢？他喜歡雨天還是晴天？長大後會喜歡上怎麼樣的

人？他會在身體上刺青嗎？他會討厭這些鳥嗎？他會比較愛哪一個媽媽？

安安的手顫抖著，那隻紅嘴黑鶇的頭無力地垂向左側，漆黑的眼皮夾著混濁的眼球。

她發現自己再也無法製作任何標本了。

工作室的後方有一間標本庫房，裡面有成排的鋼製收藏櫃與高大的平式收納櫃，還有許多塞不下的動物標本堆放在角落，最引人注目的就是那隻體格壯碩的水鹿。

安安隨手拉開某個抽屜，同一種鳥放置在同一層，好幾排烏頭翁仰躺，鳥爪上綁著標籤。這幾年送來博物館的烏頭翁都是由安安負責處理，另一側數過來則是百年前的標本，是那些來台灣研究採集的日本學者剝製的。

烏頭翁除了一頭烏黑色的羽毛之外，喙上一小塊橘紅色的斑點與黑色髭鬚，讓一個遠在上海、從未來過福爾摩沙的英國人，在一批無採集地與日期標記的收購標本裡，發現了有別於白頭翁的特有種。[3]

「這就是做標本的意義呀。」

當時教安安如何製作標本的老師，說了這個故事給她聽。

她知道，老師希望不是生態背景的她透過這個故事理解，自己的精巧手藝能爲科學研究與環境教育做出貢獻，留下各種鳥的基因證據，並非只是將死去的東西喚醒而已。

不過安安卻覺得這個故事有點濫情，太過巧合。如果那個英國人不小心忘了那批標本的存在，或是沒有細心觀察標本的差異，是否要等到幾百年後烏頭翁才會眞正被發現？

眞心製作的標本必然會感動自己，然後感動觀看標本的人。

標本除了提供演化上的證據，更讓無法親自抵達現場的人們想像這些生命可能的存在樣貌。可是，到底要怎麼確定自己認得這個物種呢？

安安想像那個眞正看見烏頭翁的探險家，在炙熱的天氣裡，當地的獵人爲他開路，忽然之間那宏亮的叫聲吸引了他的注意，一群閃過去的影子在椰子樹間跳躍，他多麼想成爲第一個爲牠們命名的人，就像爲自己的孩子取名字一樣。

安安轉身，幾隻直立式的小燕鷗以各種姿態站在鋼製收藏櫃裡。那隻不久前製作完成的幼鳥跟在成鳥身旁，渾身絨毛長滿斑紋，喉部仍隱約可見那尚未長好羽毛的膚色。

記得剝開牠的身體時，那剛生成的肉被挑出來，仍粉嫩瘦弱，翅膀下細薄的皮膚一不小心就被鐵絲穿過破洞。幼鳥的絨羽蓬鬆，微微地被室內的恆溫空調吹拂著。安安想像自己彎下身把孩子抱起，他看見那隻小鳥臉上就露出了燦爛的笑容，忍不住伸手想觸摸那顆毛茸茸的球。

這個世界上所有可愛的東西，都會被人類忍不住收藏起來。

想到這裡，安安哭了，她忍受著體內尚未開始就停止的母愛與隨之而來的愧疚感，卻又對自己在哀悼一顆與其無關的受精卵而感到一絲荒謬，只好笑了出來。

---

2 參考《我們身體裡的生命演化史》（*Some Assembly Required: Decoding Four Billion Years of Life, from Ancient Fossils to DNA*），尼爾．蘇賓（Neil Shubin）著，鄧子衿譯，第五十一頁。

3 參考《台灣鳥類發現史》，林文宏著，第二八三頁。

雨中飛行

鳥可以在雨中飛嗎？我突然這麼想。

已數不清是這個冬季的第幾個雨天，第幾個必須戴口罩的日子，濕氣與嘴巴的氣味悶在裡頭，等車時雨水沿著傘的邊緣滴落在髮尾、指尖與鞋子表面，上頭的防水漆早已剝落，雨帶著各種看不見的雜質一天天地滲透、弄濕每雙襪子，上車後人們被迫聚集在一起，那接近的程度可以輕易地相擁，不斷上升的溫度與濕度把所有衣物都烘出難聞的氣味。

公車司機用力踩下煞車，車門猛然彈開，湧進來的人們把我擠向窗邊。雨在窗上留下無限循環的痕跡，一滴流下，另一滴透明如鏡的水沿著舊有的路線重新覆蓋。整座車廂氤氳繚繞，收起的雨傘也不斷滴落水珠，在晃動的車廂底部形成一攤攤匯聚又分裂的水窪。

那隻飛鳥快速地飛過窗外，幻覺一般，卻又在我散發的視線下呈現細緻精巧的慢動作，讓我想起藏在記憶底層的白文鳥。

牠展翅跳向窗外，我爲牠配上卡通片裡鴿子翅膀振動的音效，清晰得像是從我身旁飛走一般。實際上我沒有眞的看見牠離去的樣子，那只是想像的記憶。

那天舅舅忘記關上鳥籠小小的閘門，同時也忘了關好通往陽台的玻璃拉門，白文鳥就這樣消失了。一定是飛走了吧。所有人都這麼推論。

就像是某種預兆，舅舅後來也消失了。

這座城這麼小，一個人是要如何澈底消失。

自從傳染病蔓延開來，進到每個公共場所都要用手機掃碼，傳送代碼簡訊到政府單位，如果你咳嗽、發燒、驗出了病毒，過去幾日的行蹤會公布在網路與電視上，無論是誰都可以知道你去過哪裡，推敲你做了什麼。

每次回外婆家，外婆的視線幾乎沒有離開過電視，只要一插播最新消息，看得出來她多麼期望舅舅的臉出現在螢幕上。

可是我已經想不太起來舅舅的模樣了，我會趁外婆不注意，上樓偷偷溜進他的房間，那裡幾乎沒有太大變動，外婆會定期擦拭灰塵，床鋪也用床罩罩起，透明櫃裡的汽車模型擺放角度從來沒有變過，書架上收藏的小說發出霉味，應該要拿下來曬了，床頭掛著一幅拼圖畫，是那朵常見到的向日葵，那只鳥籠早已被外婆丟棄，空氣中聞不到任何動物的氣味。

有時候天氣好，午後的陽光會透過霧面玻璃拉門灑在磁磚地板上，那種過濾的光好似液體，一點一點地將白色磁磚染成接近向日葵花瓣的顏色。只要在房間待得夠久，地板上的光會漸漸反射在那幅畫的玻璃框上，形成一片微亮的白。

在那個片刻，那幅畫是空白的，當我凝視那幅暫時空白的畫時，好像能聽見那隻白文鳥的叫聲。

我突然想到牠從來沒有名字，舅舅和我都隨口叫牠「小鳥」。或許牠根本沒有飛走，仍躲在房間的某個隱蔽角落，是我找得不夠仔細。

一走出房間，陰暗的走廊裡堆滿了各種防疫用品，口罩、酒精、濕紙巾、面罩、口罩支撐架、手術用手套、額溫計，一箱箱堆到天花板讓人難以穿越，舅舅的房間則維持著真空似的純潔，只有我渾身病毒地擅自闖入那個凝結的時空。

雨水打在車窗上，不規則的悶聲像飛行中的鳥撞擊玻璃的聲音。

如果那天下雨，那隻白文鳥躲在舒適的籠裡取暖，就不會被窗外的陽光吸引而飛出窗外。

公車的引擎高速運轉低鳴著，開上通往城裡的跨河大橋，整個車廂傾斜成不自然的角度，司機用力踩煞車，又踩油門，站著的人們拉緊把手努力保持平衡，水窪向後匯聚爲河流，透過車門之間的縫隙形成傾洩的瀑布，混濁的水在車廂內流動如同潮汐。

我摸著腹部，那裡不知何時也脫離了潮汐的控制，過度乾涸，偶爾陣痛著。一個被時間遺忘的空間。我想那是一個有著柔軟肉壁的粉紅色房間，隨著呼吸微微地振動，一顆小彈珠般的胚胎躺在那裡，肉壁不斷增長包覆，將它綿密地環繞，直到它們的溫度達到一致。

欸妳身體還好嗎？我有點發燒，現在要去醫院驗看看，希望沒有確診，妳自己注意一下。

手機螢幕一亮，陳傳了訊息過來。我心頭一緊，突然感覺身邊人們握著的傘骨尖端，小巧的塑膠圓珠來回刮著我的手背，彷彿某種獸的爪子張開又縮起。

幾乎不需要花費任何力氣，陳那張臉很快地浮現腦中，過敏而沉重的黑眼圈、兩頰殘留的痘疤與鬍碴重疊，我經常爲此感到厭煩，卻又因爲他講話的方式而莫名平靜下來，我也不懂，爲什麼他擁有這種吸引我的地方。他用言語安撫我的時候，經常不自覺地玩著我的手指，我甚至可以感覺到那指甲縫裡的細小肉刺刮著他的皮膚，沾上一些肉眼看不見的碎屑。

想起好久以前，爸媽有事把我和姊姊託給外婆照顧時，我都會跑進舅舅的房間，打開鳥籠的門子。那籠子原本是粉色的，內側的烤漆被啄得幾乎全部剝落，籠底散落粉色碎片與淡淡騷味的鳥屎混合，籠子則露出原本的鐵鏽顏色。

我最喜歡看白文鳥表演小距離的飛行，舅舅說，如果牠在房間留下像是泡沫的灰白色鳥屎，一定要馬上清乾淨，不然乾掉了會非常難清。牠熟練地飛了一圈，振翅聲在室內連續迴盪，我不確定是否有回音摻雜其中，最後牠停到了我的肩上，那感覺非常奇妙，好像自己變成了一棵樹。

白文鳥的爪子使盡全力地拴住我的肩膀，爪尖銳利地滑過皮膚，嘴喙往我靠攏，想要貼近我的臉頰。我將臉往上揚，牠熟練地跳上我的下巴，我微微張開嘴巴將牙齦露出，牠低下身子啄食，細小的嘴喙精確地瞄準我的齒縫，將午餐殘渣一一清除，沒傷到半塊牙肉。

很多養鳥的人，都會用這種方式和小鳥培養感情喔，舅舅跟我說。

當牠專注啄食時，主人可以用手順著牠們柔軟的羽毛，五指靠攏，厚實的手掌從頭往背一次次撫摸讓小鳥感到安心，同時主人也感覺到那顆節奏輕快的心臟不斷跳動著。

鳥是沒有牙齒的物種。

這句話忽然浮現腦海，小時候的我從來沒有想過這件事。

有時候閉著眼睛吻著陳，感覺彼此的唇齒不停地碰撞，柔軟的唇與堅硬的齒形成強大的對比，我們化身某種不知名的獸，不需要想對方的臉，只要感受他的舌頭刮著我的齒縫，勾起童年回憶讓我更加興奮濡濕。

不過，那些被白文鳥吻過的乳牙早就全部換過一輪。陳第一次把下體放進我的嘴裡時，完全沒有經驗的我腦袋一片空白，不知道該做些或想些什麼。重複的動作之中，我的視線逐漸失焦，那似乎讓我的臉被破壞，只留下腔器的作用。他細密地撫摸我的頭髮就像摸著動物的毛髮般，如同白文鳥身上的羽毛，一根根地梳開又自動合起成原狀。

於是我將注意力集中在那幾隻手指帶動髮根的觸覺之上，他卻突然推開我。

很痛，妳的牙齒刮到我了，溫柔一點。

那些牙齒是新長出來的恆齒，很久以後才會離開我的身體。

七歲時，我把第一顆掉下來的乳牙送給舅舅，那是左上角的虎牙，我睡前習慣用舌尖刮著虎牙的尖端，牙齒掉下來以後，我很難輕鬆入睡，總是想像那顆小小的牙齒被舅舅鎖在書桌抽屜裡，或在那透明的收藏櫃中，還是隨意擱置在桌子上。

舌頭又往左上方伸去，卻只能舔拭著傷口垂墜下來的軟肉，我不禁幻想，那顆虎牙正在舅舅的桌上一波波地抽動著，根部仍然佈滿神經。

沒有人知道我把牙齒送給舅舅的事，就連媽媽也不知道。她以爲我和其他小孩一樣，上排的牙齒丟到水溝裡，下排的牙齒丟到屋頂上，照著習俗這麼做可以快一點長大。

也許就是因爲如此，到現在我還不覺得自己是個眞正的大人。

那天，我把牙齒捏在掌心，站在房門口等舅舅出來。他打開門，蹲下身問我怎麼了，我緩緩地打開手掌，小聲地說：

「可以用這個跟你換一個祕密嗎？」

他拿起我的虎牙端詳，根部還殘留些許血絲，我已經用牙刷刷過很多遍，牙冠溝槽裡淡淡的咖啡色蛀牙痕跡怎麼刷也刷不掉。

「妳知道爲什麼要換祕密嗎？」

「代表我們是同一國，姊姊跟我說的。」

舅舅搖搖頭。

「沒那麼簡單。交換祕密是一種交易，就和妳去買餅乾糖果一樣。妳有什麼樣的祕密，就可以換到什麼樣的故事。」

「可是我沒有祕密，姊姊都說我很無聊。」

「才不會，妳很聰明，知道要用看得見的東西換看不見的東西。」

舅舅把牙齒收進左手掌心。

我用力抿了抿嘴，剩下的牙齒在嘴巴內側的肉裡留下深淺不一的齒痕，這時姊姊突然出現在走廊盡頭，中斷了我與舅舅的對話。心裡一股酥麻的感覺爬了上來，比起姊姊，我跟舅舅更親近些，那讓我覺得自己像個大人。

那天深夜，我偷溜下床沒有吵醒姊姊，走進舅舅的房間聽了一整晚的故事。

妳還很小，不記得任何事情的時候，這裡原本有另一隻白文鳥。

有一天我清理鳥籠，發現有兩顆橢圓形的白色鳥蛋藏在捲起來的報紙堆裡。我以爲牠們生寶寶了，找了塊布把鳥籠遮起來，想讓牠們安心，我也可以偷偷觀察。

那兩隻白文鳥會輪流孵蛋，一隻在報紙堆上動也不動地窩著，另一隻站在角落裡低低地叫，似乎是負責守衛的工作。不過我從來沒有搞清楚到底誰是媽媽，誰是爸爸。

幾天後某個早上，我被妳外婆吵醒。她跑到我房間打掃，叫我把鳥籠清一清，她說很臭，還威脅要把那兩隻鳥丟掉。

那個時候好像流行禽流感，她每天都在擔心家裡有養鳥會被鄰居發現，不准我把紗窗打開，就怕鳥叫聲被聽到。我覺得很白痴，她在陽台種一堆花還施肥，吸引一堆野鴿子來吃那些碎屑，才會有禽流感。

有天起床拉開那塊布，發現有顆蛋破掉了，蛋液沾濕報紙，碎掉的蛋殼散落一地，那兩隻白文鳥還拚命啄那些掉在底層、根本吃不到的小米，完全不在乎那顆破掉的蛋。

咕咕。

我好像聽見了白文鳥的聲音。可是轉過頭去，牠眼睛閉起正在睡覺，單腳站立看起來好辛苦。

「你講的是白文鳥的祕密，不是你的。」

「妳沒有聽到重點，只有一顆鳥蛋破掉。」

「那另一顆呢？孵出寶寶了嗎？」

隔幾天，我又把布掀起來觀察牠們，看到其中一隻用鳥喙啄破了剩下那顆蛋，然後就像是沒事一樣，站到籠子的另一側，不斷扭著頭整理羽毛。

天氣愈來愈熱，很快整個房間都是蛋液的臭味。我把鳥籠打開，讓兩隻鳥在房間裡飛，再次把鳥籠清乾淨後，底部重新鋪上報紙。其中一隻很順利地被趕回籠子裡，另一隻怎麼樣都不願意進去，牠在高處亂飛，尋找可以落腳的地方，最後撲向那幅向日葵，停在畫框上，綠色混著白色的屎尿流了下來。

我覺得牠一定就是那隻把自己小孩殺掉的凶手，心裡有鬼，才不敢進去鳥籠。我還沒意識到自己在做什麼，就隨手拿了東西朝牠砸了過去，房間突然很安靜，聽不到半聲鳥叫，我的腳底踩到一塊拼圖，地上都是玻璃跟散掉的向日葵，原來那隻白文鳥已經掉到地板上了。

「所以，牠死掉了嗎？」

舅舅看著我的眼睛，他的瞳孔彷彿碎玻璃般凝結又同時流動著。

「你怎麼知道把蛋啄破的就是那隻鳥？說不定是鳥籠裡面的那隻啊。」

「我知道，就是牠。」

咕咕。

室內逐漸充滿了日出的光，剩下的那隻小鳥似乎比我們更明確感覺到光線的變化，牠抽動了一下，卻不願意睜開眼睛，可能被我們的說話聲吵了整晚還睏著。陽光把我與舅舅的影子與房裡的物品重疊，床頭那幅拼圖畫裡的向日葵似乎也變得更加立體，預告了那天是個好天氣。

雲變成雨，公車在雨中緩慢移動，司機大力踩下煞車，所有人都往前晃動，靜止，踩下油門往前，然後靜止。這樣來回數次，終於移動到平緩的橋中央。雨愈下愈大，糊成一團的紅色與綠色燈暈交替亮起，沒有人知道距離下橋還要多遠多久。

有個女人大力敲著後車門。

「開門，我要下車！」

「橋上沒有站牌，不能下車。」

司機大喊，雨刷猛力地來回刷著起霧的大片車窗。

陳又傳訊息來。

醫院人好多，還沒輪到我。妳在忙嗎？回我一下好不好，我怕有傳染給妳。

我抓緊拉環，把手機丟進包包，深吸一口氣，悶濕又風乾的汗味撲鼻而來，雨水落在車窗上的速度愈來愈快，較大的水珠快速流動吞噬小水珠，手機在包包裡不停震動，一定是陳打來的電話。

坐在前方博愛座的中年男人似乎注意到包包裡的震動聲，他戴著鴨舌帽與口罩，抬起頭，只露出一雙眼睛瞥向了我這邊，然後撇開視線。他的口罩應該重複使用過非常多次，表面起了大大小小的毛球，他不斷把口罩拉下又拉起，像是因爲過度擁擠而呼吸困難。他不斷抖著腳，水珠噴到了我的毛衣上，我想避開卻沒辦法移動半步，只能無視他的存在。

那個男人再次拉下口罩劇烈地咳嗽起來，引起所有人的注意，有人隔著透明護目鏡瞪著他，像是看見無形的病毒在空中擴散開來似的，對死亡原始的恐懼在車廂內蔓延著。我卻突然渴望病毒的侵入，如果就這樣死掉，肚子裡那個可能存在的胚胎就與我無關了。

不對，我根本就不害怕病毒，如果這麼怕死，我就不會和陳一直見面了。

上個週末，那幅向日葵也掛在我與陳休息的旅館房間牆上。

那間老舊旅館只有十個房間繞著櫃檯呈現扇形展開，讓我聯想到賓州式監獄的設計，房門是塊單薄的木板擋著，外頭可以輕易聽見裡面的動靜。陳拿到五號房的鑰匙，一個鐘頭兩百塊，不需要登記身分證。

那幅畫用廉價木板畫框框著，印刷畫質粗糙、顏色過度亮黃，稍微歪斜逼得我強迫症發作，踩在床上調整畫框水平，和舅舅房裡那幅光滑精緻的拼圖相比，根本不是同一幅畫。

到處都是霉味。浴室與房間只隔著塑膠拉簾，沖完澡後用劣質的毛巾擦拭身體，白色的毛屑沾滿我們全身，只好一條條慢慢挑掉。

「欸，我們這樣很像兩隻白文鳥，在幫對方理毛耶。」

「妳有養過鳥喔？」

「我舅舅以前有養。」

我還記得那隻白文鳥換羽的樣子，兩頰的羽毛在一夜之間消失，露出粉色的皺摺皮膚。

「好醜喔。」

姊姊這麼說。

鳥籠裡下滿了雪，電風扇一吹，羽毛在房間裡飛揚。我偷了一撮羽毛回家，揉在手心，像刺一般的羽軸扎著我的肉，一下子就揉爛了。我打開房間的紗窗，風把那皺成一團的羽毛吹走，它們被帶到很遠的地方變成一朵朵雲飄流。

冷氣吹著，五號房逐漸變冷，我觸摸陳的背也起了雞皮疙瘩，想起那時撫摸白文鳥，觸碰到尚未長好的羽毛牠也會全身打顫，轉過頭輕輕地咬我的手。我的左手指陷入陳那剛剃過髮的後頸，那裡彷彿羽鞘般扎進我的手掌，他的臉陷在白色的枕頭裡，看著他那長滿濕疹、略微紅腫的身體，好難相信我喜歡的男人是這副模樣。

「嘿，我們來交換祕密好不好？」

「妳說什麼？」

「交換祕密。」

陳翻過身，他把雙手枕在腦後，我看著那張沒有戴口罩的臉，先前夏日的口罩曬痕已完全淡去，那個完整的表情似乎太過直接，我不想繼續直視。

「我沒什麼祕密欸，我想一下，啊，妳就是我的祕密。」

「好爛喔。」

「那我可以用身體交換妳的祕密。」

我翻了個白眼，他起身抱著我就要親了起來，我輕輕推開他。

「你眞的不考慮一下嗎？」

「考慮什麼？」

「跟我在一起。」

「欸，可是現在要保持社交安全距離耶。」

「拜託你不要講幹話好不好。」

他臉上的笑僵在那裡，就像個硬撐全場的單口喜劇演員。

「我說過我暫時不想交女朋友。」

「喔。」

「喔什麼喔啦，我就是還沒有想好啊，我沒有不喜歡妳，只是需要一點時間，而且妳不覺得交往很累嗎？現在這樣不是很好嗎？」

「很累不會回家睡覺喔，開什麼房間。」

「哎，拜託妳不要生氣啦。」

那晚，我們花了比過去還長的時間做愛，最後索性就在那間老舊旅館裡過夜。陳似乎想用這種方式來對我更好，卻又不超過某條隱形的界線，那讓我知道他是不可能會愛我的。

後來他也沒有問我的祕密到底是什麼，就好像我從來沒有提起過。

不知道那晚是誰先睡著的，只記得在陌生的地方我總是睡不太好。夜裡，我被櫃檯傳來的聲響吵醒，坐起身，外頭似乎是一男一女在爭辯著什麼，我突然覺得在這裡過夜是很不理智的行爲，萬一警察來盤查，我們不就是新聞上那些違反實名制、隱匿行蹤的可疑人士了嗎？

門縫透過來的燈光照在那幅向日葵上，瞬間我以爲已經天亮了，聽見遠方響著雷聲，愈來愈近，最後雨終於下了下來，一直下到現在。

嗶，體溫正常。

博愛座上的男人將手伸向一旁的體溫量測機，黑色螢幕閃現數字，35.1。雙手淋滿了酒精，他似乎不太滿意又把手伸向機器。

嗶，體溫過高。39.5。

我緊緊閉上眼。

腦海裡是那幅向日葵拼圖，乾燥、灼熱、晴朗，一隻白文鳥躺在上面，看起來睡著般平靜，粉紅色的嘴喙延伸至尖端成透明的白，同樣也是粉色的眼瞼細細合起，留下一道微小縫隙。只有那對鳥爪明顯地失去氣息，如同人類熟睡時手掌毫無意識地攤開。

和舅舅交換祕密後，我還是忍不住偷偷把他的故事告訴姊姊。

「姊姊，拜託妳不可以說出去喔。」

「不管，我要跟婆婆講。」

「妳這個大嘴巴，這樣舅舅會生氣。」

「從頭到尾就只有一隻白文鳥，舅舅在騙妳，笨蛋。」

「他才不會騙人！」

「妳是小孩，小孩只能跟小孩交換祕密。」

「我快要變成大人了，妳看，我的新牙齒都已經長出來了。」

「才怪。」

「拜託妳不要跟婆婆講，也不可以跟媽媽講。」

「那妳不可以再去找舅舅玩，他怪怪的都亂說話。」

「那妳也不可以自己去找舅舅。」

「我才不會，我又不像妳。」

我告訴你一個祕密，可是不可以告訴別人喔。

每個和我交換祕密的小孩都這樣對我說，可是舅舅說過這種話嗎？我記不清了。如果那天是個雨天，和今天一樣的傾盆大雨，沒有人會願意走出室外淋雨，也許他就不會消失了。

如果我沒有把祕密說出去，舅舅會看著我慢慢長大，每當我掉一顆牙齒，他會再說一個祕密，直到他的故事都說完了，或是我的新牙全部長出來，青春期的賀爾蒙開始在體內流竄，和舅舅單獨相處我會感到彆扭，漸漸地，他只會是個喜歡把幻想編成故事的舅舅而已，這一切就不會像用立可白塗掉般，潔白且突兀。

嗶，體溫過高，38.3。

我睜開眼，那個男人又把手伸進體溫量測機裡，他的襯衫袖口被酒精噴得濕透，可以清楚看見底下一條條細長的寒毛。

忽然之間，我與他對到眼，他看著我的眼神和剛剛不太一樣，似乎在辨認、回想我是誰。我感到恐慌，腦海浮現幾個男人的臉龐，那些我只注視過一次或兩次的雙眼，在每張床上釋放著屬於自己的壓力與慾望。

撇開視線，我努力裝作沒事看向別處。

那個男人就是舅舅。

我被這個想法嚇了一跳，偷偷望向那個人。

他低下頭的側臉長滿鬍碴，口罩卡在下巴皺成一團，鼻翼扁平，耳朵被略長的頭髮蓋住，還有雙眼皮。我已經忘記舅舅是雙眼皮還是單眼皮，將近二十年不見，完全無法想像現在的他變成什麼模樣，如果真的是他，他一定也認不出我來。

我再也不是以前那個沒有祕密的小女孩了。

我曾幻想過那隻小鳥和我一樣渴望窗外的美好世界。

還記得某個晴朗的日子，舅舅還對一切充滿希望。

「向日葵是跟那個女朋友一起拼好的啦。」外婆這句話的語氣帶著嫉妒的意味。

小鳥在白色磁磚上跳動著，強烈的光線讓那身羽毛更爲潔白，沒有染上光裡的任何色彩。

「舅舅，我可以放小鳥出去飛一圈嗎？」

「牠會迷路，永遠回不來喔。」

「可是牠看起來很想出去。」

「牠只是在跟自己打招呼啦。」

外頭的藍天白雲被玻璃窗框著，映上那隻鳥的倒影，看起來漂白過一般，朦朧而稀薄，隱約仍可以看見那粉色的鳥喙，影子裡的眼神似乎比較孤獨寂寞。

或許那也只是舅舅的想像，第二隻白文鳥。

如果那天和今天一樣也是個雨天，一個下著灰色大雨的陰暗冬日，在薄弱的光線下，倒映在玻璃窗上的白文鳥就不會出現，舅舅也不會殺死牠了。

殺死牠。

如果那個胚胎眞的存在，所有關於我的一切都會改變。

即使我選擇殺掉這個胚胎，模仿那隻白文鳥把自己的蛋戳破，仍然無法解釋成一種本能，因爲我並不是一個沒有意識與道德的動物。如果我選擇將胚胎留下，在子宮裡慢慢培養成胎兒，我將會變成那隻在藍天白雲世界裡的白文鳥，另一個影子般的自己會永遠取代我。

我確診了，妳看看要不要去驗一下，眞的很對不起，希望妳沒事。有人要來做疫調，拜託妳把我們的對話刪掉，我不會說我們的事，妳不用擔心。

又是陳傳來的訊息。

無論是哪一個選擇，一旦胚胎的存在成爲事實，我將無法逃脫曾經懷孕過的身分，那會是一輩子的祕密。我好難想像和姊姊坦承這個祕密，甚至連做過愛，還有與那些只見過一次面的男人上床這種事都說不出來。

因爲我知道，那既是炫耀又帶著與生俱來的羞恥感，甚至是某種背叛，從處女到非處女的背叛。

「交換祕密代表我們是同一國的。」

姊姊這麼說過。

舅舅和我已經不是同一國的了，我們都變了。看著眼前這個中年男人，我曾幻想在這座城市裡偶然遇到迷失的舅舅，似乎就是這樣的場景，大雨，困在一個地方動彈不得，狹小的空間裡我們的眼神最終必然相會，幾秒後輕輕撇開，那瞬間我們認出對方，以及那些混合著謊言與眞實的故事。

但是我的手裡，已經沒有可以交換祕密的東西了。

雨仍在下著，公車終於駛下大橋。

許久未有乘客上下車，車內的雨水隨著車身往前傾斜，全都排出了車外。我將手掌貼上車窗，沁涼的感覺從手心滲入身體內部，腹部又傳來了一陣疼痛，我不禁胡思亂想著，究竟哪個比較痛，是第一次跌倒、換牙還是做愛？

舅舅離開時，一定也把我的虎牙給帶走了。

我翻遍外婆家都沒有找到，鬆了一大口氣。舅舅把虎牙帶走，代表他不是毫無準備就離開，而是下定決心要離家出走，再也不回來。同時我又感到某種怪異，曾經是自己身體的某部分被他人當成收藏品或裝飾，還有可能當作護身符隨身攜帶。想到這裡，我感到不安又有些快感，過去那股酥麻感覺再次浮現，甚至比和舅舅交換祕密時還更強烈。

不過，也有可能是我找得不夠仔細。

上一次回外婆家，我又溜進舅舅的房間，仍然沒有找到那顆虎牙。我走下樓問外婆，她戴著口罩坐在沙發上看電視，聽不太懂我在問什麼。我也戴著口罩，刻意坐在沙發的另一側，或許因爲這樣聽不太清楚我說的話，也有可能外婆根本不知道虎牙的存在。

我們無語地看著電視好一陣子，同樣的新聞片段重複播放，全部都是與傳染病相關的消息，我看著外婆的臉，只能從口罩上緣露出的那雙眼睛猜測她的心情。

「外面那麼危險，妳舅舅不知道什麼時候才要回來。」

「他沒有要回來啦。」

「都是那個女人害的，教壞妳舅舅，他本來對我多好。」

「婆婆，她都嫁給別人了，不要說這些了好不好。」

「反正那個女人面相不好，生出來的孩子一定有問題。」

「妳這樣說舅舅也不會回來啊，是他自己要走的。」

「小孩子懂什麼。」

我們又陷入沉默，電視不再播報新聞，接近整點前的連續廣告都在賣保健食品，有隻紅色鸚鵡在螢幕裡搖頭晃腦，配音員用誇張的聲音複述著購買專線。

「我是說眞的，妳舅舅快要回來了。他以前養的那隻鳥，最近都還有回來看他在不在家，前陣子還撞到陽台的窗戶，砰砰砰好幾聲，我還以爲是什麼東西掉了下來。」

「怎麼可能，妳看錯了吧，應該是別種鳥。」

「是眞的，那隻鳥也是羽毛白白蓬蓬的，嘴巴粉紅粉紅。」

「都過這麼久了，那隻白文鳥應該早就死了吧。」

「喔……那應該是牠的小孩，要報養育之恩啦。」

她拿起遙控器轉台，全部都是廣告，轉到某個旅遊節目才停下來。

「婆婆我問妳，以前舅舅養的那隻白文鳥是不是生過蛋？」

「有啊，但是那種蛋不可能孵出小鳥啦。」

「爲什麼？」

「只有一隻鳥，是要怎麼生？妳是沒吃過雞蛋喔？妳以爲那些蛋都會孵出小雞嗎？哎，就跟女孩子生理期來一樣啦，都是排出一些沒有用的東西。」

忽然之間，我感到體內滲出一股熱流，那是滾燙的雨，我多麼想立刻把手伸進內褲裡探查，希望那是一陣鮮紅色的雨，將萬物都染成燦爛的紅。

舅舅曾是外婆肚子裡的一顆受精卵，那顆卵不斷分裂，長出了肉與心臟，卻從未眞正離開過她的身體，直到他學會在雨中飛行，他長出的羽毛具有防水功能，他分泌一種油脂將全身塗滿，這樣即使不小心飛到了海上，也不用擔心會弄濕羽毛。可是雨下得太大的時候，還是要找地方躲雨，不然雨水一直打擊羽毛會破壞結構，他就不能飛太遠，飛回家了。

或許那天，舅舅是故意把鳥籠的閘門和陽台的玻璃拉門打開的。

腹部又是一陣刺痛，我抓緊了嵌在椅背上的扶手。

想起有次我和陳見面卻沒有做愛，因爲那天我月經突然提早來了，就在他的車上。我把副駕駛座椅弄髒，他沒有生氣也沒趕我走，帶我去吃豐盛的早午餐，然後看一部中規中矩的浪漫電影，逛了地下街，最後開車送我回家。

我們有說有笑，就像一對在一起很久的情侶。

「欸，你知道嗎？女生之間的費洛蒙會互相影響喔。以前我念女校，有個同學月經來了，其他女生的月經也陸陸續續跟著來，最後大家的週期都變得差不多，那個時候，整間教室都是血的味道。」

我說，他睜大眼睛露出驚奇的表情。

「難怪妳和妳姊都差不多時間心情不好，然後吵架，都是月經害的啦。」

「才不是這樣，我們本來感情就不好。」

幾天前，與我共睡一床的姊姊月經來潮，她習慣側睡，說這樣子宮比較不痛，床的空間變得很小，我只好靠著她的背入睡。睡到半夜，我把手放到她的肚子上幫她熱敷，雖然那裡已經非常溫暖。

下車鈴響起，車門終於打開。

坐在博愛座上的男人忽然想起似的，急忙推開人群擠下車，許多人低聲抱怨，他手裡晃動折疊傘灑下的水，在我的裙襬留下一攤深色痕跡。

我聽見外頭傳來雨聲，世界再次擁有了聲音。

找找看

每天都一模一樣。

好像摁下連續快門拍出來的照片，無法排列先後順序，秀儀這麼想。

她打視訊電話給兒子，鈴聲響不到五秒就覺得厭煩而掛掉。

兒子回撥給她。「住得還習慣嗎？」他在螢幕那頭大喊，影像晃動有些模糊，喊了好幾次秀儀才聽清楚他問了什麼。

她只說這裡一切都好。

隔天早上，女兒來探訪，丈夫靖弘沒說半句話，坐在那張從老家搬來的紅色沙發椅裡。秀儀問女兒，「怎麼是妳來？」她聽了有些不悅，「妳自己問他啊」，女兒大聲地說。

秀儀知道兄妹倆之間有點嫌隙，女兒總覺得她偏袒哥哥，其實她反而覺得女兒偏愛父親，不過她們從未講個明白。

聊了很久，後來女兒還是走了，留下幾包靖弘最愛吃的核桃酥。餅乾很香要配著茶吃，不過現在他們不太能喝含咖啡因的飲料，一喝晚上就睡不著覺，睜大眼睛盯著天花板發呆，隔天醒來頭昏腦脹、眼角乾澀。

那麼要配什麼才好？

她走到冰箱前，門緩緩自動開啟，冷氣竄了出來。

牛奶跟豆漿會脹氣，果汁是酸的，會把核桃酥的甜蓋過去。考慮了好一陣子，最後秀儀還是泡了兩杯熱紅茶，茶倒入杯裡再用雙手捧著，皮膚的皺褶像茶葉般舒展開來。

他們坐在桌前，靖弘直接用左手拿起核桃酥來吃，碎屑都掉到了桌上和地上。

「配茶。」

她說，把那杯茶拿得離他近些。

那隻沾滿餅乾碎屑的左手捧起了茶杯，脖子向前傾，就著杯子邊緣喝了一大口，發出聲響並留下了油膩的指痕。

那晚兩人都睡不好。

靖弘翻動笨重的身體，床也跟著震動，每當他翻向秀儀那邊，她就有些難受。起身走到浴室，房子隨著她的腳步沿途亮起微光，摁下電燈開關，卻發現有些不對勁，那個開關是個正方形的白色塑膠殼，核桃酥碎屑與一片不顯眼的油漬抹在上面，秀儀的手也沾到了些，讓她感到有點噁心。

上完廁所後，秀儀走到餐桌前查看。她坐下，模仿靖弘的姿勢向前傾，沒有檢查到一絲髒汙。

這棟新房子已經自動把這裡打掃乾淨了，卻遺漏了浴室的電燈開關，一定是設定上出了問題。靖弘是左撇子，這棟房子特別將所有的開關都設計在左側，那些餅乾碎屑必然是那隻左手留下的。

他們相識時，其實他是個右撇子，看不出來哪裡不尋常，就和失智症一樣。決定要與這個人共度一生的時候，誰知道會變成現在這樣，或許這就是爲什麼兩個孩子都決定不婚不生吧，秀儀暗自猜測。雖然女兒矢口否認，說並不害怕自己變成爸爸這副模樣，現在很多人都單身，不是什麼稀奇的事；至於兒子，應該只是單純不想負擔家庭的責任而已。

不過，他們兄妹倆早已預購同樣照護房型的單人房，將來身心失能時就可以即時入住，這讓秀儀放心不少，現代科技眞的很方便。

她走回臥室，那盞夜燈還亮著，床上的人像孩子似的側身蜷曲睡著。她看著那緩慢起伏的胸口，那雙眼睛並不完全闔上，透出小塊混濁的眼白，血絲裡還有些不明物體。秀儀忍不住想檢查靖弘的左手，雖然她分明知道那隻手早就洗乾淨了。

她想起從前那只總是戴在左手腕上的日本製機械錶。

靖弘喜歡把錶滑進過大的襯衫袖口裡，再拉到手腕上，重複著動作像在思考什麼。在她的印象裡，那只錶沒有秒針，不認眞凝視個一分鐘，或是把錶放到耳朵旁邊聽齒輪運轉的聲音，無法馬上知道它是否停下來了。靜靜地看著那只想像的錶，直到分針往下一格動了一瞬，靖弘的眼皮往上掀開，略微凸出的眼球滾動，他看向自己的手，不明白被觸摸的感覺是怎麼回事。

他從床上撐起頭，看著坐在面前的秀儀，她往下摸他的左手腕內側，那裡早已沒有金屬錶帶的印痕，只剩下一片鬆弛垂墜的皮膚。

靖弘從右撇子逐漸變成左撇子，是他迷上拍鳥的時候。

秀儀有時候會想這兩件事情是否有關聯，兒子卻覺得矛盾，照理來說如果喜歡攝影、懂得認鳥，應該能夠延緩失智症的惡化才對。

有天靖弘隨意在臉書上逛著，看到一張許久未見的大學同學拍的照片，那是一隻普通翠鳥停歇在樹枝上，與身體不成比例的巨大嘴喙和模糊遠景相襯。靖弘從來沒有想過可以拍鳥，或者說，他從來沒有想過可以拍出如此別緻優雅的鳥。在他過去的印象裡，鳥不過就是路邊的麻雀與鴿子，從來沒有好好瞧上一眼。

從鐵路局退休後，靖弘依舊每天六點半起床，爲那只機械錶上緊發條，吃完早餐，坐在桌前，開始研究那台剛到手的單眼相機。

店員說，這台特別適合拍鳥，備有動物眼部追蹤對焦功能還有高級穩定器，他還買了幾件迷彩排汗長袖襯衫，從家裡翻出結婚時買的雙筒望遠鏡，鏡面有點發黴但仍堪用。

除了花大量時間在網路上瀏覽攝影技巧，他在二手書店找到一本輕巧的鳥類圖鑑，把想要拍的鳥用 Excel 列成表，附注出沒的季節與熱門拍攝地點、性別特徵差異與幼雛的照片，方便對照辨認。他幾乎每天坐公車到植物園或濕地公園練習拍鳥，回家吃完晚飯後就是整理照片，他甚至買了線上修圖軟體課程，想把每張照片都修成清晰的數毛照。

一直以來，靖弘都是對這個世界比較有熱情的那個人，當然，這是與秀儀相較之下的結論，他熱愛人造事物的精巧準確，那讓他感到理性與踏實。相機也是人類智慧的展現，精密的光學儀器所記錄下來的細節甚至超越了人眼的極限。雖然靖弘依舊迷戀傳統機械那種齒輪推動的細膩感，但是數位相機滿足了無限制摁下快門的慾望，還能刪除錯誤，只留下美好的影像。比起過去日夜追趕列車與時刻表的分秒之差，能夠完全掌握這個世界，讓他感到前所未有的安心。

「幸好爸爸後來愛上的是拍鳥，不是別的動物，不然你們說不定會離婚。」女兒曾開玩笑地說。

秀儀並不特別喜歡鳥，也不討厭。只是她不太明白，爲什麼靖弘突然對鳥產生這麼大的熱情，如果說因爲鳥很美而拍，不過就只是一張張浪漫的抒情產物，這絕對不是他慣有的理性作風。

他把照片放到臉書上，秀儀用手機放大，看那些顏色形體各異的鳥，好奇他到底是怎麼拍到這些照片的，除了城市裡那些麻雀與鴿子，這些野鳥看到人難道不會馬上飛走嗎？

熬過夏天，初秋第一批候鳥終於抵達他們住的城市了。那是靖弘第一次帶秀儀去濕地公園，他想帶她去看那些平常看不到的鳥類。

他們走進那幾棟沿著濕地搭建的賞鳥小屋，室內一片昏暗，摸黑爬上二樓，靖弘拉開小窗的紗門並把相機架好，對準蘆葦堆裡的一群雁鴨。那裡大約有五十幾隻在岸邊覓食與洗澡，天氣不錯，許多隻都張開翅膀，埋頭專注地整理羽毛。

靖弘調整好鏡頭焦距，示意秀儀與他交換位子，她扶住相機鏡頭，瞇起左眼透過觀景窗看見從未想過的景象。那些雁鴨在鏡頭裡揮舞著翅膀，斑點、線條、色塊、漸層隨著動作不停變化，每一隻看起來都是同個模樣，卻又不斷變換姿態，萬花筒般旋轉著。

秀儀感到一陣暈眩，無法繼續凝視而抬起頭。

「花嘴鴨、小水鴨、羅文鴨、赤頸鴨、尖尾鴨……」

坐在一旁的靖弘眉頭深鎖，在黯淡的光線裡不停來回翻動圖鑑，嘴裡念著鳥的名字，他發現秀儀已經不再透過觀景窗凝視，於是又和她換了位子，從包包裡拿出那副老舊的望遠鏡給她。

秀儀看著圖鑑上那些成雙成對的雁鴨圖片，覺得好像小時候玩「找找看」的遊戲，要在兩張相似的圖裡找出不一樣的地方。靖弘瞇起右眼，不停摁下快門，喀嚓聲在空蕩的小屋裡響著，取代遠處那群盡情享受陽光的雁鴨鳴叫。

「是不是這隻？」

秀儀拿著望遠鏡，又低頭細看圖鑑上那幾隻雁鴨的細節，她用食指指著其中一對，最顯眼的特徵是眼睛上方至脖子後端那條白眉紋路，臉頰與頸部是棕褐色的線條，淺灰色的花紋則佈滿了其他部位。

「棕色花紋應該是母的小水鴨，上次在這裡我有看過。」

「你看，右邊湖面那裡，有隻很像這隻，頭有一條白白的線。」

靖弘移動了相機的方向，他全身緊繃，彷彿一隻正在狩獵的動物。摁了幾下快門，他將眼睛離開觀景窗，低頭凝視那些剛剛捕捉的畫面，與圖鑑上那隻白眉鴨雄鳥非常相像。靖弘眼裡閃著驚喜的光，不停摁著快門，再次凝視每張照片。

秀儀從來沒有見過靖弘這麼快樂。

她忽然明白他會愛上拍鳥是有原因的，只是與她想像的有所不同，又非常容易理解——男人退休之後生活失去重心，重新找回成就感非常重要，是婚姻持續下去的關鍵——這是秀儀的女性友人說的，聽起來再合理不過。

拍鳥除了要有足夠的攝影技巧才能捕捉到鳥的各種姿態，還要懂得如何找到鳥、辨識鳥，最後上傳照片到臉書社團，等待其他鳥友的按讚與留言。靖弘就像擁有了新的事業，未知的旅途與鳥種等著他一一發掘。

秀儀也在兒子的勸說下辭去保母的工作，更年期後她的腰愈來愈痛，也許是體力變差了吧。

「媽，多陪老爸出去走走，誰知道他一個人在外面會發生什麼事。」

女兒難得與兒子站在同一陣線，秀儀卻覺得她話中有話。

他們一直以來都沒吵過什麼架，靖弘的工作順遂讓人放心，秀儀把孩子養大後繼續照顧別人家的孩子，從來沒有經歷過空巢期，現在兩人的生活沒有共同目標，確實有可能感情就這麼淡了。

不過也許只有她不甘寂寞。

若能成爲靖弘的旅伴與助手，也是挺不錯的，秀儀心想。

新生活步上軌道後，他們每年都在期待秋天的到來，秋天似乎才是四季之初，他們的時間感與地理感，隨著季節與鳥類的遷徙前進或後退。

當網路上的群組捎來赤腹鷹或灰面鵟鷹過境的消息，他們馬上開車到島嶼的最南端，幾萬隻猛禽與雁鴨群飛的姿態完全不同，靖弘捕捉到幾張翅膀張開，順著氣流平飛，飛羽輪廓非常清晰的照片。有時候他興奮地拍照，秀儀會偷懶放下沉重的望遠鏡，用肉眼直接看那光景。

好像黃昏時在頭頂上不停轉圈的搖蚊啊。

再冷一點，靖弘訂了兩張飛往離島的機票，在那座半天就可以繞完一圈的小島上，他們看到幾棵白色大樹停滿了上百隻鸕鶿。靖弘快步走近，想拍到更好的構圖，那些烏黑巨鳥成群飛起，盤旋一陣後在無法靠近的湖面降落，他才想起拍鳥還有一個最關鍵的技巧：懂得偽裝自己。

上百雙黃色裸皮邊緣的眼睛，正警覺地盯著毫無掩飾的他們。靖弘嘆了口氣，秀儀發現那幾棵大樹沾滿了鸕鶿的大量鳥屎而變成白色，遠看彷彿積雪般浪漫。

「哇，那這裡應該是牠們棲息的地方。」

兩人躲到草叢裡，不久後那群鸕鷀回到白樹上，每隻都有固定的位置，一切恢復原本的寧靜。習得躲藏的技術後，他們看見了戴勝奔過馬路、叉尾太陽鳥吸花蜜、斑翡翠獵魚，在風雨之中翻著圖鑑辨識河口的各種濱鷸，那趟旅程靖弘滿載而歸，他決定每年都要來這座小島拍鳥。

春天來臨，告別即將北返的候鳥後，有些傷感的靖弘與秀儀循著林道上山，沿路找到藍腹鷴、台灣山鷓鴣、大赤啄木、白腹鶇、綠鳩、鳳頭蒼鷹、白耳畫眉、灰喉山椒鳥。隨著海拔高度逐漸上升，鳥種也跟著變化，秀儀吸入肺中的氧氣含量也隨之下降，終於走不動了，只好坐在遊客中心的長椅上喝水，她突然感到審美疲乏，彷彿逛了整天的美術館，腦海裡各種顏色與姿態混雜交織著，她的頭疼了起來。

透過玻璃窗，秀儀忽然看見有隻鳥飛了過去，那似乎是清單裡還未找到的鳥，她盯著那隻雀型身材的小鳥不放，用眼角餘光翻找著圖鑑，牠停在橫桿上，突然往上跳到樹枝間被陰影擋住，秀儀追了出去，拿著望遠鏡的雙手整天舉著，不聽使喚地微微顫抖。這時靖弘出現，想和她分享自己又拍到了什麼鳥，秀儀卻指著那棵樹。

「好像是白頰山雀。」

「怎麼可能？白頰是迷鳥耶，應該是青背吧，妳一定看錯了。」

靖弘快步走到那棵樹前，用肉眼搜尋著那隻混著綠、白、黑與灰的雀，色彩與自然光影交錯斑雜，但是秀儀很確定牠一定沒有飛走，她的眼睛緊盯著那棵樹，從來沒有移開視線。

記憶就困在這裡。

床上的靖弘陷入深層睡眠，鼾聲穩定地響著，澈底失眠的秀儀再次起身，走進儲藏間翻出一台老舊的筆記型電腦。自從他們搬進新房子後，淘汰了許多家具與雜物，有些東西秀儀卻捨不得丟棄，或許有天派得上用場。

這台電腦一直以來都是靖弘在使用，還沒嚴重發病前，他可以盯著電腦螢幕一整天，修圖、搜尋鳥點、與其他鳥友筆戰、羨慕別人拍到的稀有鳥種。

秀儀將筆電的充電線插上插頭，摁下開關，螢幕緩緩亮了起來，她的右手滑動有點不靈活的滑鼠，突然不太確定，靖弘是用右手還是左手操作這台電腦。雖然有些遲鈍，電腦還是正常啟動了，她打開名為「鳥事一籮筐」的資料夾，每一張照片都按照地點與時間歸檔，和整理實驗數據一樣。

這時秀儀才明白，如果是靖弘拍的照片，不可能分不清楚拍攝的先後順序。

她一邊找那年在山上的照片，想起他曾說過，小時候總是左右不分，父親經常因為他用左手吃飯而生氣，直到母親在左手腕上綁了條小手帕，上面縫了一個卡通造型的時鐘刺繡。

「左手看時間，右手畫畫跟吃飯喔。」

受日本教育影響極深的母親這麼叮嚀他。

那是他的第一只錶。從此以後，他逐漸適應用右手做所有的事情，一切都必須精準確實，不容許任何差錯：

每日定時為機械錶上發條，轉動二十圈錶冠，不多也不少；在搖晃的車廂內盯著手錶上的時間，準時插上鑰匙，摁下車門開關控制鈕；一隻一隻地數鳥的數量，記錄在筆記本上，回家再輸入至表格；摁下快門，確認對焦與構圖，再摁一次快門。

那些熟悉的影像映入眼簾，秀儀一張接著一張慢慢欣賞。好久沒看到這些照片了，它們如同廢棄物般堆在電腦深處，靖弘一定有買硬碟備份，只是不知道埋在儲藏間的哪個角落。

她找不到任何一張與她記憶相符的山雀照片，或許他覺得拍得不夠好，刪掉了吧。

秀儀不確定究竟是哪天，靖弘不再戴那只機械錶。注意到這件事的時候，他似乎已經習慣了沒有手錶的日子，這樣長時間舉著相機或望遠鏡的手可以少一點負擔，手機顯示的數字時間還會自動校正誤差。秀儀想起那些她曾照顧的孩子說過，學校老師教他們看時鐘，根本就是浪費時間。

她也發現，靖弘漸漸無法負荷長時間到處找鳥的疲憊，聽到哪裡有鳥卻提不起勁背著沉重的相機出門，即使參加賞鳥旅行團也嫌行程太趕，要暈車暈船還要風吹雨淋。

有天，某座深山發現八色鳥出沒，他問群組裡一個消息靈通的鳥友。

「有幾隻？」

「目前只有一隻。」

「保證看得到嗎？怕白跑一趟。」

「你週末之前來，百分之百看得到，什麼角度任你拍。」

八色鳥在他的名單裡已經很久了，跑了好多次都撲空，而且聽說愈來愈難看到了，他有點心動。再三確認那隻鳥的動態後，靖弘與秀儀開車南下追鳥，她感覺他不如以往興奮，取代而之的是緊張的氣氛，害怕期待再度落空。

那個鳥友提供的座標並不好找，使用導航卻開進死路，靖弘倒車時手心流汗，在方向盤上留下痕跡。好不容易找到那間小小的土地公廟，他著急地停好車，就想往廟的左側山徑走，秀儀拉住他。

「拜一下比較好。」

靖弘露出不耐的神情，仍與她在神明面前合十手掌。

那條山徑已被其他鳥友整理過，算是好走，緩上坡仍讓秀儀有點喘不過氣，她讓靖弘先走，緊握著登山杖的手心也流出了汗。

越過一個較大落差的石階，那塊竹林間的空地就這麼出現在眼前。風從竹子的狹窄間隙穿透過來，產生擠壓與振動的聲音。秀儀濕透的衣服被吹得有些涼意，服貼在背上，她在人群中找到靖弘，他戴著那頂女兒送的棕色遮陽帽，兩側拷扣扣上，指著前方空地那個不斷來回跳動的身影。其實秀儀不需要他的指引，早已看見那隻鳥。

她感到有些疑惑，是因爲長期陪伴靖弘賞鳥，讓她的視線並沒有隨著年齡而退化？還是因爲八色鳥在一片灰土之中本來就顯而易見？又或是現場好幾隻長鏡頭都隨著牠的身影而移動，不看到也難？

秀儀並不覺得八色鳥特別好看，她反而覺得那些顏色放在一起有點詭譎，像一張飽和度調得太過強烈的照片。在竹林的微弱光影下，鮮豔的色彩蒙上了一層灰，秀儀揉了揉眼睛，那隻鳥不停地低頭啄食地面的蟲子，排出了白色的鳥屎，滴在土灰地上非常顯眼。

不知道過了多久，秀儀坐在靖弘身旁不小心睡著了。爬坡與找路讓她太累，醒來的瞬間不知道自己人在哪裡，被風吹乾的劉海黏在額頭上，滿身都是汗液乾掉之後的體味。

「那隻鳥還在嗎？」

秀儀問靖弘。腳架收起，相機也早已收進包包內，他正拆開一包她出門前隨手帶上的核桃酥。

「飛走了。不過已經拍到不錯的照片了。」

餅乾碎屑沾滿了他的手，她知道那隻鳥今天是不會回來了，不然靖弘不可能這麼早就收工。他拍了拍手，試圖將碎屑甩在地上，但是核桃酥很黏，沒有這麼容易擺脫，秀儀轉開了水壺用白開水幫他沖手。

電腦螢幕出現那隻八色鳥，嘴裡叼著蟲，身上還沾著泥土。一塊亮斑映在那純黑的眼睛上，秀儀放大照片，一格格畫素構成的畫面仍然可以辨識，是那片竹林上方的空缺，那塊秀儀從未抬頭凝視過的天空。

她點了一下滑鼠。

下一張是隻黃嘴角鴞，瞇著眼，嘴裡拎著一隻垂死的蜥蜴，閃光燈將那隻蜥蜴照得死白，角鴞的飛羽邊緣映出白色的輪廓。

再下一張。小彎嘴探入其中一隻雛鳥張大的嘴裡，那三張飢餓的臉上已有顯眼的白眉特徵，只是眼神仍舊混濁。

再下一張。兩隻普通翠鳥交配的正面照片，雄鳥振翅露出鼓起的金黃色胸腹，雌鳥站在枯枝上，翅膀貼緊身體向前傾斜。

秀儀無法停下那隻摁著左鍵的右手食指，忽然一陣噁心感湧了上來，胃液衝到了喉間產生一股酸澀。又是胃食道逆流的老毛病犯了，真不該喝茶的。

她把電腦關機，收回儲藏間的抽屜裡。

從靖弘整理的統計資料可以知道，他這一生看過四百零七種鳥，拍到了其中的三百五十一種。本來他還可以拍到更多的鳥，直到那天他與那個熟識的鳥友吵架，最後打起來，還把對方的相機砸壞。

靖弘懷疑他對秀儀有意思，才邀他們去鳥場拍照。那個地方非常隱密，必須要有人帶路才能找到入口，裡頭種滿了植物與花卉，還有一個養魚的小水池，大家都是一個拉一個進來，所以算是熟識，一起坐在遮蔽簾後架好相機，邊摁著快門邊閒聊。

靖弘總是嫌那群人吵，卻又爲了拍到夢想中的翠鳥交配畫面忍耐著。

反正鳥也飛不走，聊得稍微大聲一點也無妨。後來他習慣戴上耳機聽音樂，陪在一旁的秀儀不再需要忙著翻找圖鑑，或時時刻刻用望遠鏡注意四周，她放鬆地與其他人聊天，分享帶來的核桃酥，大家都很喜歡這種餅乾。

「失智症會讓某些病患產生妄想，變得疑神疑鬼。妳要放寬心，不要跟妳先生計較。」

靖弘的醫師這麼說。

會不會其實是靖弘的嫉妒心作祟，無法忍受她與其他男人聊天而產生了妄想？

這怎麼可能呢。

秀儀在黑暗中自言自語，一個人坐在那張紅色沙發椅上，撫摸著那如象皮皺褶般的粗糙觸感。天色漸亮，光線矇矓地透過窗簾隙縫照了進來，外頭傳來陣陣嘈雜的鳥鳴聲，秀儀聽不太清楚是哪一種鳥。

「妳聽，是白頭翁在叫。」

睡醒的靖弘說。他站在臥室的門旁，像個鬼魂般直直地站在那裡。

「你說什麼？我聽不到。」

「白頭翁啊，這麼常見的鳥妳都不知道？」

昏暗之中，秀儀看不清他的臉，臃腫變形的身材讓她感到遲疑，只有聲音和記憶裡的相同，就是那個她聽了一輩子的口吻與聲調。

「還有綠繡眼，聽到了嗎？跟口哨聲一樣，啾啾啾啾……」

他學起了鳥叫聲，和窗外傳來的聲音非常相似，卻更加積極，好像在說這裡有好吃的果實。

忽然之間，窗簾唰的一聲自動拉開，瞬間外頭明亮的光線充滿了整間房子，秀儀幾乎看不見眼前的一切。

房子裡充斥著鐘聲，敲了七下。那是她拜託兒子錄下老家那座老爺鐘的鐘聲，再輸進新房子的聲音系統裡，提醒他們現在的時間。靖弘的臉好似暗房裡的底片，浸泡在藥水中逐漸顯影，最後投影在新房子的純白牆壁上。秀儀看著他，他卻像隻野鳥似的躲開她的注視。

她多想現在就拿起相機，爲他拍下一張照片。

過了幾天，女兒送來不含咖啡因的花草茶。

老家拆除前她又去巡了一遍，發現了那只機械錶，不知道被誰藏在掀起的拼木地板下方，金屬錶帶外側有幾個敲撞造成的凹陷，還有些地方生鏽，錶面佈滿了刮痕，幸好還沒有花到看不清楚上面的時間。時針與分針停在三點二十五分的位置，三點鐘是個小方格顯示日期，秒針則停在四十七秒。

原來這只錶有秒針，是我記錯了。秀儀心想。

那個下午，她們一起整理儲藏間裡的雜物，那台相機好好地存放在防潮箱裡，女兒花了點時間研究如何操作。她離開後，家裡又恢復原本的沉寂，尤其是搬進這棟新房子後，家電由中央系統控制，不會有運轉過熱或噪音的問題，不過秀儀的耳朵早已聽不見這些雜聲。偶爾靖弘會恢復到過去的狀態，就像前幾天清晨那樣主動和她說話，除此之外就是一片寂靜。

「還記得這個嗎？」

靖弘從洗手間出來，雙手仍是濕的，沒有烘乾，可見他還不習慣這棟房子的照護裝置，她拿了條手帕給他，再把手錶放到他的手裡。

今天的靖弘沒有什麼反應。他坐在那張紅色沙發椅裡，輕輕搖晃著身體，不時用左手摸著下巴鬍鬚，那是秀儀認識他時就有的習慣。他低下頭，雙手摳著金屬錶帶與玻璃錶面，手心印出了一個圓形的刻痕。

他抬頭，看著她的眼神充滿困惑。她指了指牆上的電子鐘，幾個阿拉伯數字亮著螢光，再指著靖弘手裡的那只錶。

過了大半輩子，秀儀覺得有些事情想忘也忘不掉，譬如童年創傷、失戀、父母離世等影響深遠的人生經驗，經常在腦海裡反覆播放，當她發現靖弘退化到連這些事都不記得的時候，她感覺非常地孤獨，好像沒有人能證實自己的存在，那讓她有足夠的理由可以恨他。可是秀儀又不得不可憐他，他身上只殘留程序性的記憶，看著他熟練地拉開錶冠調整時間，再轉動二十圈上發條，不多也不少。

最後記得這些規則到底有什麼用呢？

「欸，今天是幾號？」

他好像忽然恢復記憶似的，抬起頭看著她的臉說。

還記得他曾說過，絕對不能在晚上九點到凌晨三點之間調整日期，這時手錶要進行換日，如果硬是轉動會讓機械結構損壞。

秀儀搖了搖頭，幫他把手錶戴上左手腕，他不習慣地甩著手，秒針開始走動。秀儀把剛剛泡好的花草茶推到他的面前，拆開了一包核桃酥，把兩塊餅乾放在盤子上，他用右手拿起來咬了一口，碎屑又灑了滿地。

鐘聲敲了四下的時候，他已經把餅乾全吃完了。

秀儀只喝了茶，很淡的薰衣草味。

她從包包裡拿出相機，即使一直放在防潮箱裡，機身仍長出些許白色斑點。摁下電源，螢幕亮了起來，電池只剩一格。女兒說，這種電池早就停產了，原本的這個早就壞了充不飽電，頂多撐一、兩個鐘頭。

她把臉靠近觀景窗，顯示的影像比眞實肉眼所見還要再暗一個色階，畫面裡的沙發沒有那麼鮮紅，靖弘恢復向後傾斜的坐姿，他的嘴巴輕輕地蠕動著，舌頭正刮著齒縫間殘留的碎屑。

她覺得自己正在觀察一隻鳥，就和從前一樣。

失去心智能力的人類到底和動物有什麼差別呢？

有時候，他們坐在客廳，看電視播放非洲草原或是熱帶雨林的野生動物紀實節目，沉穩的男性旁白聲音敍述掠食者與獵物之間的行爲，巨型螢幕上放大獅或豹的眼睛特寫，製造緊張氣氛的配樂響起，靖弘睜大了眼睛。

他似乎也變成了那隻羚羊或兔子，只剩下秀儀這個人類留在這間房子裡，這座星球上。

她的腦海浮現一幅眞實的圖像：一隻黃小鷺的爪子緊抓著浮葉植物，身子傾斜向下探去，牠緊盯著水面，微微地隨著莖搖晃。那是靖弘拍的照片裡，她最喜歡的一張，當時還特別洗出來裱框，每次欣賞，都覺得那隻鳥彷彿仍微微晃動著。

那張照片是他拍的，不過那隻黃小鷺是她發現的。

一個炎熱的六月午後，他們在濕地公園閒晃。靖弘拿著望遠鏡觀察較遠的地方，這時有一抹黃從近處的水池裡飛出，快速地閃過秀儀眼前，隨後又一抹黃色飛過。她還沒看清楚是什麼鳥之前，不想驚擾專注的靖弘，便慢慢地繞著水池走，終於在角落發現橫掛在草叢間的黃小鷺。牠頭上的毛仍有點蓬鬆，身體的羽毛也不如圖鑑上的鮮豔，原來那幾隻飛出去的，是牠的兄弟姊妹，水池中央的草叢是牠們的巢。

那隻黃小鷺專注地凝視水面下的動靜，銳利的眼神與獅或豹十分相似，被靖弘精準地捕捉下來。忽然之間，似乎有什麼改變了，某種人類無法察覺到的危險出現，牠瞬間改變了模樣，伸長脖子動也不動，眼神從銳利轉為一種凝滯的狀態。

牠並沒有飛走。

喀嚓。

秀儀用右手食指摁下了快門，熟悉的聲音響起，靖弘聽見了，抬起頭來，注意到她手上那台相機。螢幕裡的靖弘看起來不像是什麼都不記得的樣子，那雙眼睛不如她印象中混濁，仍然相當有神地凝視著鏡頭，左手腕上的機械錶內部正走動著，她又摁了一下快門。

「這個是我，這個也是我。」

靖弘自信地指著相機螢幕上那個正在發亮的自己，還有下一個自己。他抬起頭來看著她，臉上的表情讓秀儀想起那些她照顧過的孩子，他們都期待得到她肯定的回應。

無聲電影

凱希覺得這是她經歷過最漫長的冬季，因爲自從那天以後，她都作著同一個夢。那是一個無法用任何語言形容的夢，充滿了世間難以見到的色彩，就像蓋著一條以環頸雉雄鳥羽毛編織而成的被子所作的夢。夢裡有各種形體，有的冒著泡泡，有的是電視雜訊粒子，有的如同水面波紋般不斷回放。沒有任何人或是生命出現，只有像波一樣的東西振動著。

凱希非常確定這不是一個無聲的夢，但是她想不起來夢裡的任何聲音，從夢的深處到清醒的過程，她已經遺失所有與聽覺相關的記憶了，她知道這是無法控制的，因爲人腦對視覺的印象總是比較深刻。

過了一個星期，她的月經終於來了。鮮紅色的血液與暗黑色的血塊瀑布般傾倒在床上、椅子上、衛生棉與褲子裡，連續整整兩天，因爲貧血，全身像是發燒般痠疼、無法移動。三天後血變成用滴的，護墊上只留下暗色的痕跡，腹部仍持續微微地作痛，血滴了十幾天後停止，那個夢也隨之而去。

這時凱希才想起，好幾年前她就作過同一個夢了。

那年她十五歲，在醫院的小房間獨自吃下裝在鐵盒裡的原子碘，一顆小小的膠囊。夜裡，那個夢第一次出現在腦中，醒來的時候她覺得這個夢太過抽象，使得整個世界變得太接近現實，兩者的落差讓她難以適應。

回診的時候，凱希告訴醫師她的夢。本來擔心他會覺得她瘋了，可是醫師若有所思地說道，有許多病人在接受放射性治療後也作了類似的怪夢，都是由抽象、振動與色彩組成。

「也許是生理破壞造成了精神上的變異吧。」

他似乎不是說給凱希聽的，比較像是喃喃自語，凱希不太理解他的意思，只點點頭，假裝聽懂了。

她在十三歲時得了一種病，每次看診，醫師都會幫她做例行檢查，在腫大的脖子上抹油，感覺冰冰涼涼的。她躺在超音波室的診療床上，脖子往後仰，露出脆弱的頸部，狀似一隻要被殺掉的雞。手裡緊捏著準備要擦掉油的餐巾紙，粗糙的質感不斷摩擦她的手指，醫師專注地看著螢幕，一隻手在鍵盤上操作，另一隻手拿著機器在凱希的脖子上來回滾動。

她覺得好癢，抓著自己的衣服克制身體不要蜷曲起來。長大以後她才知道，那個油其實是一種凝膠，讓醫師手上的機器製造出來的超音波能夠穿透她的皮膚，不會受到其他介質阻礙，順利抵達那過度分泌的甲狀腺體，在螢幕上模擬出內部的情形。

不過凱希總是背對著螢幕躺下，從來沒有看過自己的甲狀腺是什麼模樣。那不是幾週大的胎兒，不會被印出來當成相片保存，當時沒有請醫師印一張超音波照做紀念，實在有點可惜。

吃下原子碘後，凱希的甲狀腺從此停止運作，不再繼續和胸部一起發育變大，原本在體內流竄的激素逐漸褪去，凸出的眼珠也慢慢縮回，不過靠近甲狀腺的那條聲帶仍然沙啞，再也無法歌唱。

或許從醫學的角度來看，那個夢可能就是放射性藥物的副作用。她不明白爲什麼隔了這麼多年那個夢再次出現，感覺自己又被某種東西拆解開來，她仍無力抵抗，甚至比過去更沉浸在這個夢裡。

冬季如此漫長，記憶必須一再重述，在雨雪反覆交錯之中，人們想念夏日刺眼的陽光與長出新芽的大樹，凱希則不斷作著夢，醒著的時候則想著一個叫做「揚」的男人。

揚其實叫做Jan，德文發音似「揚」，那是凱希幫他取的中文名字。他們在一個生態觀察社團的鳥類聚會裡認識，揚是業餘鳥導，外表有點不修邊幅，氣質和其他賞鳥人不太一樣，還是個大學生的樣子，其實早已從心理系畢業，到處打工過活。凱希則是第一次參加這種活動，那時她的脖子已經恢復正常，沒有人知道那裡曾經腫得像一隻裸頸鸛。

凱希在圖書館隨意翻看鳥類圖鑑時，發現裸頸鸛這種鳥，朝上揚起的巨大黑色鳥喙與頭部連成一體，頸部鮮豔如血色般膨脹，腹部和飛羽是純淨的白色。裸頸鸛是南美洲飛行能力最卓越的鳥類，書裡頭這麼寫道。

根本就是畸形版本的白鷺鷥啊，她心想。

圖鑑繪製師把那紅色頸部的皺褶起伏細緻呈現，使得頭部與腹部黑白兩色立體了起來，彷彿一隻活生生的鳥，凱希想像得到牠所有的姿態。

當她和揚聊起過去，他說他的父親是德國人，母親來自南美洲，凱希馬上聯想到裸頸鸛那向前伸長腫大的紅色頸部、張開翅膀即將離地起飛的樣子，她好喜歡這種長得有點奇怪的鳥。凱希想問揚有沒有看過裸頸鸛，不過她看得出來他對母親家鄉的陌生感，他回去過幾次，都只是童年的模糊記憶。

這讓凱希感到格外親切，當她想起自己的家鄉時也有類似的感受，不過比起揚只是單純血緣上的地理遷徙，凱希則因爲某種無法修補的傷害，離開自己原本生活的地方。

十五歲之後，她必須每天補充定量的甲狀腺素，才能維持身體的正常運作，一旦停止食用，她會一點一點地死去。

如果從今天開始再也不吃那幾顆白色的小藥丸，會有人發現她正在慢性自殺嗎？凱希胡思亂想著。正常的人們依賴抽象的事物活著，情感、信仰或是夢想，失去這些很快可以找到新的替代品，她無論如何都必須依賴肉眼可見的藥物活著，沒有其他選擇。

我現在其實是人和藥物的組合體呢。自從凱希這麼想，即使身體的機能逐漸恢復正常，她仍覺得同學與老師想找到更多的破綻，隨時都在觀察她可能露出的異樣。

凱希愈來愈排斥上學，但是她已經沒有不去學校的理由，於是爸爸問她：

「如果不去學校，那就換個環境，出國好嗎？」

「只要離海不要太遠的地方都可以。」

想了好久，她這麼回答。

爸爸把她送到德國北部，一個坐半個鐘頭的火車就能到港口吃新鮮鮭魚的大學城，那裡曾經是他攻讀法律博士班的地方。凱希抵達後才發現爸爸誤會了她的意思，她想要的是那種有沙灘與海浪的海邊，而不是到處停滿船隻與海鮮加工廠的港灣。

不過就算了吧，反正都是海。凱希想。

她本來以為出國會更適應不良，卻發現在這裡沒有人認識曾經生過病的她。小鎮上大部分都是德國人，凱希的長相與膚色在人群裡十分顯眼，走在街上有些小孩會不由自主地盯著她的臉看，最初她感到窘迫，久了習慣以後反而有種莫名的安全感。

她好似一隻擬態失敗的昆蟲，愈不像這裡的人，人們就只會注意到她的外表所暗示的地理位置，而並非這個人本身擁有的缺陷。

「啊，妳說的是貝氏擬態。」揚說。

「那是什麼意思？」凱希說。

「擬態有很多種，我說的那種，是那些本來就無害的物種，演化出跟有毒物種很像的外表，這樣就不會被天敵吃掉。妳就像是沫蟬，沒有自保的能力，所以把自己的外型弄得跟瓢蟲很像，讓鳥還有其他動物誤以爲是有毒的瓢蟲，就可以降低被吃掉的風險了。」

「沫蟬？那是什麼？」

揚用手機搜尋沫蟬的照片給凱希看，那是一隻墨黑爲底色的小蟲，背上沾滿像油漆滴落的橘色斑點，如同瓢蟲色彩反轉的版本。

凱希凝視著照片，看不出來牠是活的還是死的。

「所以說，只要鳥記得瓢蟲吃起來多可怕，沫蟬就可以繼續假裝自己有毒，躲在瓢蟲堆裡平安過日子囉？」

揚點點頭。

「可是，如果鳥類的記憶力變差了，這種擬態不就沒有用了嗎？」

揚聽到她的提問，不禁笑了。

「嗯，如果這個假設成立的話。不過我覺得大多數的鳥記性都非常好，牠們飛到那麼遠的南方渡冬，還是記得如何回到繁殖地尋找伴侶呀。」

揚停頓了一下，說：「當然，這也可能跟記性無關。」

揚與偏好鮮豔色彩鳥類的凱希不同，他比較喜歡善於長距離遷徙的鳥種，這些候鳥大多數的羽毛色彩相比之下較爲樸實，即使是繁殖羽的彩度，也像只是稍微加強了色調的對比度。

一個晴朗的秋末午後，揚帶社團到海邊濕地觀察，那裡距離他們所在的城市只要坐火車三十分鐘、轉公車二十分鐘，不到一小時就能抵達。那個海邊與凱希期望的仍有些差異，海水與陸地的交界長滿了比人還高的蘆葦，向內延伸的海灣沒有半點海浪，靜止得像座湖，但是看見那片黑色沙灘，她已經很滿足了。

揚教他們使用一個鳥類資訊軟體，只要定位座標，就能知道該地曾經出現什麼鳥種，還能聽見其他愛鳥人士上傳的各種鳥聲。

「要觀察鳥類，除了要有足夠的器材設備、良好的眼力之外，練習用聽覺來分辨哪一種鳥非常重要，因爲聽覺是三百六十度的，視覺只有一個方向，聽鳥比找鳥容易許多。」揚說道。

不過，在空曠遼闊的海邊，鳥非常好找。透過高倍率的單筒望遠鏡，他們很快就把所有的鳥辨識出來。有些人拿著雙筒望遠鏡，在風中努力穩住身子數鳥，凱希蹲低，把頭埋進巨大的單筒望遠鏡裡觀看，然後翻著圖鑑對照所看見的特徵。

忽然一陣大風把揚的帽子吹走，他和凱希同時往草叢裡跑去，跨著大步，揚先找到帽子，轉過頭不好意思地一笑。在陽光的照耀之下，她發現他左邊的耳朵有點不一樣，那裡掛了一只造型奇特的耳機，還以爲是某種監聽鳥聲的機器，直到回程火車上，她發現揚低頭看著相機螢幕，帽簷之下仍戴著那只耳機，那讓她感到不太尋常。

「揚，你耳朵戴的那個是什麼？」

他抬起頭，像是從夢中醒來般，視線從剛剛拍的照片上移開，一手扶著相機，另一隻手摸了摸自己的左耳。

「喔，這個。」他輕輕地把它拿了下來。

「我前陣子去醫院檢查，發現聽力有點受損，不是很嚴重，但是太高頻的聲音我聽不到，雖然醫師說並不會造成生活太大的影響，還是建議我戴助聽器。」

揚露出有點奇怪的表情，像是不知道該怎麼解釋的樣子。

「其實有些鳥的聲音我早就聽不到了。今天去海邊還可以，鳥很好找，但是如果帶團到山上，很多鳥的叫聲頻率比較高，我就沒辦法聽到，牠們又喜歡躲在樹叢裡，聽不到就會很難找。所以，與其說是爲了避免惡化，應該是爲了能繼續找鳥才戴助聽器的吧。」

凱希這時才注意到，他們乘坐的火車與鐵軌產生這麼尖銳的金屬摩擦聲，揚的聲音試圖蓋過這一切，卻被切割成片段碎裂在空中。

「我懂，如果聽不見鳥的聲音，就好像沒有眞的感受過牠。」

揚點了點頭。「嗯。其實我很想成爲專業鳥導，但我知道現在不太可能了，誰會信任一個聽力不好的鳥導呢？」

車窗外的景色逐漸變暗，黑夜隨著時間一層層地覆蓋在大地與天空之上，以海邊爲圓心散發的絢爛光線不停變換色彩，那讓凱希想起歐亞鴝的歌聲，那刺耳的高音穿插低頻的旋律不斷變化著。

關於歐亞鴝，那是她第一次注意到鳥的存在。

不是說她從來沒看過鳥，而是第一次發現牠就在那裡，站在墓碑旁的樹叢枝幹上，顯眼的橘黃色從胸部蔓延至臉，隨著低音鳴唱而振動，高音時牠的身體會用力緊縮、嘴喙張開，那聲音不斷刮過凱希的耳膜，卻不覺得痛。

她聽不懂那隻鳥的語言，但是她感覺到那反覆重疊的聲音正在傳遞某種訊息，有時候又像是單純爲了鳴唱而發聲，如同某些人熱愛說話那樣。

她剛到德國的那幾年，一方面漸漸脫離生病的焦慮，另一方面卻爲語言不通順而感到新的焦慮。她勉強維持語言學校的課，其他時間只能到處閒晃，躲開商場之類的地方，害怕遇見同學或老師的尷尬。她花大量的時間在公園與墓園觀察每座墓碑的雕刻設計，還有各式花圈與紀念物，她輕聲念出每個死去的名字，除了練習德文發音，每當她在學校遇見曾經看過的名字，總備感親切，漸漸地不再逃避認識新的朋友。

每座公園都是一座森林，裡頭至少有一座湖，比起去港口看海，凱希更喜歡坐火車到另一個城鎮，那裡有座特別大的湖，產生如海般的波浪，繞湖步行一圈大約要花一個早上的時間。不過水鳥在湖面中央很難觀察得到，凱希反而是在其他公園的池塘裡漸漸喜歡上親人的天鵝、鴛鴦與雁鴨。她買了素描本與鉛筆開始漫無目的地畫畫，她也根據公園看板上的照片學習辨別各種鳥與昆蟲，輕聲念出牠們的名字。

沒有任何人，也沒有任何動物會回應她。不需要使用語言的世界深深擁抱了凱希，動物與樹木永遠不會向她提出問題，她不需要說話，無論是母語中文、阿公阿嬤說的閩南語、學校教的英文，還有正在學習的艱難德文。她甚至可以用非語言的方式表達自己，透過對細節的重複觀察與描繪，凱希逐漸理解了這個世界，也慢慢地接受了它。

如今她不再是那隻僞裝自己的沫蟬，揚卻好像變成了顯眼的瓢蟲。

「我很喜歡歐亞鴝的叫聲，因爲那是我認出來的第一隻鳥吧。」

下車後，衆人解散，凱希和揚走往同一個方向，夜已全黑，她不知道該如何安慰揚，只好喃喃說了些話。

「歐亞鴝是一種非常喜歡唱歌的鳥喔。」

揚的臉上露出熟悉的笑容，那是每次有人和他聊起鳥的時候總會出現的笑。他打開了那個鳥類資訊軟體，搜尋歐亞鴝。

「妳知道鳥的叫聲可以分成兩種嗎？鳴唱和鳴叫。」

揚點開音檔，那是一個個波形圖樣，隨著歌聲快速地流動。

「這個是鳴叫，很尖銳急促，是要警告有天敵靠近，或告訴大家這裡有食物。」

他又點開了另一個音檔，「這個是鳴唱，比較長也比較複雜，可以吸引異性靠近，或是告訴其他鳥這裡是我的地盤。」

「我記得，歐亞鴝是不是一種地域性很強的鳥呀？」

他們站在路邊聽鳥聲，那些波似乎擁有了生命，隨著頻率升高或下降，時而密集時而散開，有時又是一片空白。凱希忽然覺得他們之間產生了前所未有的親暱感。

「對喔，牠們一整年都會叫，除了夏季尾端要換羽毛的時候。」

「這個軟體就好像看得見聲音一樣。」

揚點了點頭。「雖然我現在戴了這個，」他指了指左耳，「有時候還是覺得那些歌聲和我記憶中的不太一樣，我會邊聽音檔邊看這個頻譜圖，對照著回想那些聲音。」

「有點像運動員的意象訓練？」

他聽了這個比喻忍不住笑了。

「等到哪天我真的完全聽不見了，這些練習說不定能派上用場。」

他們經常相約到處賞鳥，揚知道每座森林與湖泊的植被差異與動物棲地分佈，若想要去海拔較高的地方觀察，就必須往南坐兩、三個小時的火車，離開北部這塊地形貧乏的平原。

在漫長的車程中，能做的事情就是聊天。有時候兩人也對說話感到疲倦，那股沉默好似走進人造雲杉林般，就連大山雀的鳴叫也沒能聽見。

凱希經常在窗邊看到這種鳥類，牠們停在路燈、鄰居院子裡的餵鳥器上，鳴唱聲總讓她從書桌前抬頭，中斷了繪畫或德文練習。有時候飄下雪來，她躲在窗簾後透過玻璃觀察牠們，那如同鈴鐺般重複的歌聲不斷透入室內。

恍惚之間，有幾次凱希把那幾隻大山雀看成在台灣常見的白頭翁。

她拿起手機，用那個軟體查了白頭翁的模樣，牠們的顏色組合與體型相近，青綠、白與黑，修長的尾羽和渾圓的腹部。凱希播放白頭翁的叫聲檔案，熟悉又陌生的聲音在室內迴盪，那聽起來與大山雀高頻、節奏規律的鳴唱完全不同，白頭翁的叫聲細膩委婉，先輕哼一聲再柔軟地鳴唱出來。

火車上，凱希告訴揚這個小故事。她知道揚應該會覺得這兩種鳥根本是不同的種類，不過她還是忍不住說了出來。

「妳知道德文的『經驗』有兩個字嗎？Erlebnis 和 Erfahrung。」揚說。

「嗯，但是我分不太清楚這兩個字的差別。」

「Erlebnis 帶有一種冒險精神，就像歌德離開北方，來到南邊被溫暖的環境觸動，感覺到自己的存在。Erfahrung 則是在累積很多感受與體驗之後，把多餘的興奮情緒去除，留下經驗的核心，獲得創造世界的力量。」[4]

不知道是這兩個字本身就如此詩意，還是揚形容得準確，德文不是凱希的母語，若要接觸詞彙的眞意可能需要花上一輩子的時間。

「欸，中文有類似的講法嗎？」他問。

「我好久沒講中文了，要想一下。」她說，腦海裡閃過幾個中文字詞，但是圖像形式的文字早已在腦裡失序變形。

「我常常覺得，賞鳥很需要 Erlebnis，將自己放到不同種鳥類的所在，去感受牠們生存的樣子，無論是候鳥過境休息覓食的地方，還是繁殖季親鳥到處找尋築巢材料的地方，在那些情境裡，妳一定會被感動，感受到生命的眞實。」

「那觀察鳥類不需要 Erfahrung 嗎？」

「我想，Erfahrung 比較像是內在的自我追尋。對我來說，應該是將自己有生之年能看到的鳥都看過了。然後等我老了，每逢換季的時候仍回到那些地方，看看牠們是不是也回來了吧。」

下火車後，他們調整好身上的背包，健行的步伐維持著某種韻律，比平常還要快些。各種色彩的落葉占滿了山徑，空氣的味道與太陽的角度已經和夏季不同，最深處的某種力量在輕輕鼓動著，凱希想像那是一條溪流，在低擺的雲層之下以同等的節奏流向遠方。

松鼠與野兔聽見他們的腳步聲迅速躲藏，一隻色彩鮮豔的雉雞從草叢裡竄出，一閃而過，搖擺的頭部與修長的尾羽在林中十分耀眼，還來不及拿起望遠鏡，牠扭動身子消失在視線範圍。

「啊，是環頸雉。我沒記錯的話，應該是從亞洲引進的，不是這裡的原生種。」揚說，打開了資訊軟體搜尋分佈圖，拉大地圖，凱希發現台灣也有環頸雉，但她從來不知道這種鳥類的存在。

「爲什麼要引進環頸雉呀？」

「應該是爲了打獵活動吧。」

「牠這麼美，如果我是獵人，抓到牠一定很有成就感。」

「妳就是喜歡這種色彩繽紛的鳥。」

「我們還有機會看到牠嗎？」

「噓，妳仔細聽。」

森林裡傳來低沉粗嘎的叫聲，那像是某種生物用盡了全力在呼喚，凱希絕對不會想到是鳥類的鳴唱。她一臉疑惑地看著揚，他點了點頭指著那個方向，他們沿著一條不明顯的小徑走進樹林之間。

關於那天的記憶，凱希只剩下環頸雉，還有森林裡她跟在揚的後面，盯著那只掛在左耳上的助聽器，她好擔心那個機器會隨著走動而落下，消失不見。後來他們看到一些稀有的鳥，常見的鳥，飛過天空背著光、只能藉由剪影辨識的鳥，距離太遠無法分辨的鳥，接近黃昏一閃而過、像鳥又像蝙蝠的飛行動物。

凱希卻想不起來這些鳥與牠們的叫聲，只剩下那隻再度出現的環頸雉雄鳥，抬起胸腹拍動翅膀，粗啞的聲音不知道揚是否聽見，牠的身旁有幾隻雌鳥羽毛樸素，在她的記憶裡近乎黑白。

牠們不可能是真的黑白。混亂的記憶伴隨著奇怪的夢，讓凱希不知該如何整理思緒。

旅行結束後她回到住處，打開軟體搜尋環頸雉，選了一張雌雄成對的照片，拿出素描本與鉛筆臨摹那些絢爛與隱藏、求偶與擇偶、吸引力與生育力，全部呈現在牠們的體態與色彩之中。

畫著畫著，揚的身體浮現在畫裡，凱希就像個人類觀察家努力回想所有的細節，臂膀與頸部連結的肌肉，不斷擺動浮現的筋與汗；髖骨在皮膚下鼓起，那似乎是遠古時期演化而來的活體標本，被肉身覆蓋的化石；喉嚨傳出悶哼聲，緊閉的嘴巴讓聲音往內流洩，她的耳朵緊貼胸脯與其共鳴，那股低沉的聲音讓她想起遙遠的童年記憶。

她不確定自己有沒有出聲，但是她知道那晚揚早已將助聽器取下，就放在梳妝台上。他們在距離森林不遠的旅館裡做愛，那是凱希第一次的性經驗，她清楚知道自己愛上了揚與他揭露傷口的模樣。

但是當她的體內升起一陣未知的快感，像是蟻群般將她的大腦整個包覆住的時候，她卻感覺不到自己屬於這個身體。揚的雙手撫過她的脖子，那個曾經腫大的地方，她覺得自己就是那隻從未親眼看過的裸頸鸛，凸出的喉部被捏成紅色與黑色。

後來外頭下起了雨。即使窗簾把巨大的窗戶遮住，凱希仍然感覺外面的雨打在玻璃窗上的力道，勝過身體所受到的撞擊。她突然明白，即使自己愛他，卻從未想過要與他做愛，那是超出她所能負荷的事物之一。

然而她無法拒絕這樣如動物般自然發生的愛。

那晚揚疲憊地深深睡去，彷彿全身的力氣都用完了，赤裸的身體與先前的發燙狀態已完全不同，他的性器縮小垂下在大腿內側，像是個沒有生命的東西。凱希則觸摸自己乾燥腫脹、略微破皮的陰部，如同觸摸著那片永無止境的赤楊木。

凱希覺得這是她經歷過最漫長的冬季。

那個夢離她遠去後，她把房間所有的窗簾拉開，庭院中央那棵巨大的英桐木葉子已落盡，她越過風乾成堆的黃黑色枯葉，避開公園、墓園與森林，到學校辦理休學。路過一座大門緊閉的猶太教堂，她想起那晚揚說的話。

「聽說妳住的那間宿舍鬧鬼，妳知道嗎？」

「沒聽說欸，是眞的嗎？」

「嗯，不用太在意啦，畢竟那棟房子也挺舊的，二戰之前就有了，鬧鬼也沒什麼。」

「你這樣講，我回宿舍的時候會毛毛的。」

「妳怕鬼喔？我覺得那都是迷信啦。」

「幹麼突然講這個？」

「沒什麼，只是突然想到。」

揚小心地用叉子吃著河粉。從森林出來後，他們找到一間還開著的越南餐館，店員點亮了桌上的紅蠟燭，兩個人都吃得很慢，熔化的蠟很快就結成水滴狀。

「我跟妳說，我的祖母也有聽力問題。」

「所以是遺傳嗎？和我們家一樣，我爸爸那邊有個親戚也是甲狀腺腫大，不過沒有這麼早就發病。」

「應該是遺傳吧。但我祖母總覺得是因爲她沒有救那些猶太人，才漸漸聽不到的。那年她才十幾歲，和鄰居站在路邊看那些人像行軍一樣在城裡繞了一圈，經過妳的宿舍門前那塊空地，再被送上火車。」

「那些人有再回來嗎？」

「當然沒有。」

蠟燭幾乎就要燒光了，凱希看不清楚揚臉上的表情。

即使如此，那也不是你的錯，她心裡這麼想卻不敢說出口。

「後來戰爭結束，有傳聞說南部某個村子出現神醫，只要靠眼神接觸就能治百病，我的祖母搭了整天的火車到那裡，等了三天才見到他。」

「然後呢？」

「她就被治好了。過了這麼多年，她聽到的第一個聲音是歐亞黑鶇的叫聲，她覺得好吵，也不習慣我爸長大後變聲的聲音。我猜，後來他很年輕就跑去南美洲發展，也許是受不了我祖母的嘮叨吧。」

難得揚講了這麼多家裡的事，凱希因爲更了解他而感到喜悅，卻又覺得這樣的他有點奇怪。

「其實我很羨慕妳，凱希。」揚抬起頭凝視著她，燭光下眼神閃爍。

「妳的病只要吃藥就會好了，不需要擔心哪天完全聽不見。」

凱希再也沒有見過揚，她不知道要和他解釋什麼，也不知道該如何重新信任他。那個冬季她沒有遇見任何一個鬼魂，每天在宿舍與圖書館之間往返，避開鳥類圖鑑和任何與鳥相關的書籍，她隨意走向藝術區的書架，沉浸在他人創造的風景與情感之中。

有天凱希翻開某本書，那是畫家拉齊威爾（Franz Radziwill, 1895-1983）的油畫畫冊，翻了幾頁，發現他所描繪的都是同一個海邊，也就是揚帶他們去過的那個海口濕地。

拉齊威爾筆下的海岸不太尋常，但是她十分確定就是那裡，凱希認出海岸曲折的線條伸進內陸的海灣，往海的另一端望去，看得見對面工廠排放的白煙凝固在空中。拉齊威爾也對海岸的另一頭有所描繪，那裡的淤沙較多，高處建有圍籬與房子，再往前走有座筆直的海堤與放牧草原。

無論是哪個方向的海岸，畫裡的海水與天空都是混濁的深灰，許多無法明確指認的抽象事物懸掛在天上，鬼魂般的人影、雲變形而成的固定翼飛機與鳥群、漂浮的城鎮、蔓延至天空的樹群；靠近地面則是較爲寫實的事物，風帆船、石頭、巨龜、燈塔，還有一顆紅色太陽。

這些充滿了末日感的畫讓凱希想起那個夢，它們擁有同一種氛圍，一種共通的波將它們連結起來，那似乎是一個相通的世界，她在畫裡重新感受到自己的夢，心裡的變異好像被理解了。拉齊威爾曾是一戰與二戰的士兵，一戰結束後搬到海岸旁的小鎮居住，幾乎一生都在這裡度過。凱希猜想，拉齊威爾是否也經歷過某種無法清楚敍述的破壞，並擁有揚所說的Erfahrung，才描繪出這樣的畫作？

春天終於來了，凱希一個人回到海邊。

那裡一如往常平靜，海水輕柔地撫過泥沙，打出一個又一個的波，映著無雲的藍色天空。遠方有群人穿著高筒雨鞋踏入黑沙，採集了一些東西，其中一位解說員引導人們往更遠的盡頭走去。

凱希往出海口的方向散步，她走進粗糙的草叢，這裡的泥地乾硬成塊，已經好一陣子沒有下雨了。凱希想起小時候，有人帶她到這種灘地玩耍，那裡充滿了有機物與風，似乎是河邊，沒有淡淡的鹹味，她記得那個地方的感覺，卻也明白自己與那裡已經產生永久的分離。

「揚，你會不會覺得，世界上沒有人眞的了解自己？」

凱希想起曾經這樣問過。

那是某個淸晨，他們在海邊找到了凱希一直很想看到的反嘴鷸。

「有時候會吧，但我不太在意。只要我懂得鳥的一切就夠了，即使牠們並不了解我這個人類，也沒有關係。」

「你眞的不太一樣。你是眞心喜歡鳥。」

兩隻反嘴鷸同時將彎刀似的嘴喙探入水裡，不久後仰起脖子、嘴喙快速夾動，有東西被牠們吞了下去。

「凱希，妳知道，我們聽鳥的歌聲常常會覺得哪種鳥唱歌很好聽、哪種鳥的聲音和牠們的外表很不搭，那是因爲我們只在意旋律的和諧，我們是用人類的觀點在看牠們。我之前讀到一本書上面寫，鳥類可以聽到聲音變化的細節[5]，那是人類聽不到、永遠無法想像的。」

遠處與海相接的地方聚集了一群尖尾鴨，不斷有新成員從海的另一端直飛過來，降落，混入近百隻的群體。凱希不敢太接近，她知道鳥是非常敏感的物種，只要靠近超過一定的距離，牠們就會一齊飛起，繞到安全的地方再停下來。

繁花盛開的季節逐漸逼近，不知何時牠們又會離開這塊豐饒的海口。強烈的風讓凱希無法清楚聽見那短促的叫聲，彷彿在看一幕永遠不會結束的無聲電影。

4　參考《棲居》（*Building and Dwelling: Ethics for the City*），理查・桑內特（Richard Sennett）著，洪慧芳譯。

5　參考《科學人》雜誌二〇二二年七月號〈鳥兒如何聽鳥歌？〉（Adam Fishbein著，姚若潔譯）。

暗光

近距離和他人對視的時候，我總會感到緊張，下意識想要躲開對方的視線。那種被打量、被觀察的感覺不太舒服，就像隻快被逮住的獵物，對方瞳孔深處映著自己的影像不斷晃動，使我更加心慌。

所以那個戴著義眼的男人出現在房門的另一頭時，則莫名讓我感到安心，我知道他哪隻眼睛是假的，可以盡情地盯著那隻眼睛看。在床上，他從來沒有承認自己是個半盲人，可是我立刻就認出他來——抓鳥伯仔。

畢竟大人頂多變老，小孩子則是長大變成完全不同的人。

我記得爸爸說過，他不是抓鳥的時候被鳥啄傷才弄成這樣的，是年輕時玩職棒簽賭欠了一屁股債，討債集團用筷子插瞎了他的雙眼，後來有人介紹一尊很靈的神明給他，抓鳥伯仔一直拜，右眼逐漸恢復視力，左眼則腐爛生蟲，最後被強迫摘除。

「免驚免驚，神明保住他一隻眼，還可以用那隻找明牌。」爸爸這麼說。

老去許多的抓鳥伯仔枕著枕頭躺在床上，我坐在他的身體上前後動著，從這個角度看他，那張臉歪向床的右側，放在床頭櫃上的橘黃色桌燈照亮剩下的半張臉，隨著我的擺動陷入忽明忽暗的節奏。

他突然睜開雙眼，已經乾扁萎縮的眼皮覆在半顆眼球之上，眼眶鬆弛無力，很明顯地左邊眼球呈現圓潤的光澤，仿右眼血絲分佈的表層反映了整個房間的擺設，右邊牆上裝有一扇假窗，拉開窗簾是一幅出海口日落的浪漫風景照。

在昏暗的光線下，那景色看起來如幻似眞。

完事之後，抓鳥伯仔沉沉睡去，和一般人一樣閉上眼睛作著夢。我多麼想直接把他的眼球挖出來，問他還記不記得我。

但是我什麼也沒做就離開了旅館。

從後門出來直接往巷子走到最底，爬上河堤引道，矮跟鞋踩在老舊樓梯上聲響清脆。

大約三層樓高的河堤與外側鑲嵌著通往其他地方的快速道路，一隻夜鷺展開了翅膀，振翅穿越橋墩，飛過車陣上方，一再重複的動作形狀分明地烙印在腦海與夢境裡。即使白日逐漸曚曨、逼近黑夜的時刻，我仍能夠輕易辨識出牠的身形，飛行節奏和我的呼吸頻率近乎一致。

黑暗以疊加的方式緩慢地覆蓋了河邊的所有物體，我慢慢走到昏黃的路燈附近，事物重新擁有了暗影，兩隻夜鷺分別站在河口的兩側，動也不動，只有淡淡的影子在黑色的水上漂著。

樹上停著幾隻白鷺鷥，牠們把永遠不會弄髒的羽毛收起，隱身在樹的陰影裡頭，爪子嵌入細瘦的樹枝依然穩固，低處微微上漲的河水聲陣陣催眠著，很快地，牠們的意識陷入了更深的地方，沒有人察覺這一切。

姊，我的那隻已經飛走了耶。

另一個黑影從我頭上飛過，抬起頭來一陣暈眩，來不及分辨那是蝙蝠還是鳥，牠已經飛遠。弟弟的鬼魂在我身邊悄聲說著，那聲音仍然稚嫩，是十二歲尚未變聲的聲音。

他低垂著雙眼彷彿失去視力的人，每分每秒光線都在抽離。

那是一個很久以前我們玩的無聊遊戲，走到一棵停滿白鷺鷥的樹前，數鳥，再各自選一隻鳥，看誰的先飛走、飛到看不見，誰就贏了。我們睜大眼睛盯著鳥看，河邊的風很大，總是吹得眼睛乾澀。弟弟有時候等不及，朝樹的方向扔了小石子，每次他這樣做，所有的白鷺鷥都會同時飛起。

媽媽說，爸爸也喜歡玩類似的遊戲。

他每天晚上盯著電視，就和弟弟盯著白鷺鷥的神情一樣，眼睛眨也不眨，深怕錯過任何動靜。他手裡緊握的紙張色彩繽紛，只要電視出現一樣的數字就會高興得大喊。

「晚餐趕快吃一吃，爸爸帶你們去麥當勞吃冰淇淋，要吃幾個都可以。」

「耶，爸爸請客。」弟弟歡呼。

「那可以吃冰炫風嗎？拜託。」我問。

「當然可以呀。」爸爸說。

「那我要一個蛋捲冰淇淋，還要一個冰炫風。」弟弟說。

「兩個太多了，只能吃一個。」媽媽說。

「幹麼這樣，讓小孩子開心一下嘛。」爸爸說。

「要聽你爸還是你媽的話，你們自己決定。」

弟弟聽到媽媽這樣說，就哭了出來。

後來我們還是吃到了冰，我和弟弟一起吃了冰炫風，爸爸吃完了冰淇淋又再買了一支，弟弟搖搖頭，爸爸的臉色暗了下來，坐在我們對面把冰吃掉。

不久後的某個夏天，媽媽離開我們到好遠的地方去過新的生活，只留下一台粉紅色淑女腳踏車。

「剛好可以換這台。」爸爸看著過了一個暑假就長得快要和他一樣高的我說。後來我騎著那台車的時候總會想起媽媽，後座還有以前弟弟小時候坐的塑膠座椅一直沒有拆掉，騎上顛簸的橋時仍會不停晃動。

「好好照顧弟弟，不要讓你爸帶壞他。」媽媽離開的時候對我說。

弟弟掉到河裡的那天我月經來，血量最大的第二天，我躺在家裡昏睡，沒有和他們一起去河濱騎腳踏車，從基隆河繞到淡水河，轉彎，再往上繞到新店溪，最後在碧潭岸邊休息。弟弟一個人到吊橋上數鳥，爸爸並沒有跟去。

「我在跟姊姊比賽，誰看到最多隻白鷺鷥誰就贏了喔。」

那是弟弟對爸爸說的最後一句話。

河邊的路燈仍閃爍著，我好像看見遠處那座沙洲上也有幾盞光，有些城裡的人會從橋的側端走連通道，下到沙洲種花種菜自娛。

那天傍晚，有個女人在菜圃旁的灘地上發現了弟弟，他的衣服早已破損，露出泡水而發腫變白的身軀。爸爸坐在田埂上哭泣，他把臉埋在手掌裡不斷顫抖著，我凝視弟弟左臉頰上方空蕩的眼窩，那裡本來應該要有顆眼球散發無神的光芒，讓我確認他已經完全死去。

姊，其他的鳥飛去哪裡了啊？

影子跟著路燈不停閃著，我想抓住那鬼魂的手，找不到只好往臉上摸去。

一定是飛到另一棵沒那麼擠的樹上了吧。

我把手心覆在他的眼皮上，底下正如河水一般來回湧動。

「弟弟這樣是在作噩夢，要馬上把他叫醒才行。」

媽媽曾這麼叮嚀過我。

他的眼睫毛搔著我的手心，我用指尖撫摸著眼瞼那條緊密的裂縫，指甲陷入之後撬開，那裡面只剩暗紅色的條狀肉塊與啃咬過的痕跡。

夜鷺站在石頭上壓低身子，盯著河裡任何會反光的物體，快速伸出細長的喙，瞄準那顆在水面上下滾動的眼球，後方殘餘的神經肉末被魚群追逐啃食著。

老實說，我根本不記得和弟弟說的最後一句話是什麼了。這幾年我在黑暗裡和他繼續那些還沒說完的話，大部分是與媽媽的回憶，偶爾才提起爸爸。

弟，你是不是討厭爸爸？

爸爸比較愛妳，媽媽比較愛我，這樣不是很好嗎？

我突然覺得弟弟死後反而變成熟了，好像在跟一個大人講話。有人說，男孩子的長相會變，通常小時候像媽媽，之後會愈來愈像爸爸。我摸著妝容底下反覆發作的青春痘，記憶中弟弟的臉尚未被賀爾蒙侵蝕，還記得他騎腳踏車上坡，臉頰總是鼓脹著蘋果般的紅潤色澤。

姊，媽媽的腳踏車要停在河堤裡面才不會被偷喔。

終於找到那台粉紅色腳踏車，還好我記得大概停在哪裡。

解開鎖，跨上座椅，陰部感到一陣痠麻，風逆著吹拂我的臉，髮絲偶爾遮住眼睛。河邊的風總是混著各種氣息，廢棄的腳踏車生出鐵鏽味道，野狗的毛結成塊狀的潮濕氣味，犬齒間殘存的青草碎屑，死掉的魚腥味，還有乾掉的糞便味，當這些氣味變得濃郁而停滯不前，那就是下雨的前兆。

果然不久後，雨水劇烈地撞擊河面。我用盡全力騎上橋，踩著踏板變成了站姿，想學弟弟全程上坡不下來牽車，橋上的汽車車燈間隔幾秒閃過，雨水散成上萬個水珠讓光四散，眼前的景象如同一面鏡子碎裂又重組起來。

弟，我把腳踏車跟神明偷走，祂會不會生氣，我會不會被詛咒啊？

不會啦，妳有保庇。

弟弟的鬼魂坐在後座，聲音被風吹得斷斷續續。

下橋後，我把腳踏車鎖在燈柱旁邊，跑出河堤大門，繞進小巷，進到公寓爬了四層樓後打開鐵門，穿過走廊，終於回到自己的房間。那間小雅房的角落裡供奉著那尊有點破舊的木製神像，擺在這間漏水的老舊公寓裡發黴長苔，祂的面前放著兩只紅色小酒杯，已經空了，我拿到陽台裝了些新鮮的雨水。

我記得弟弟的身體被燒掉那天也下了雨。

爸爸點燃一炷香，拈在手心裡，線香的味道慢慢地蓋掉雨水的鐵鏽氣味，整個客廳被熏得乾燥且肅穆，一張寫有弟弟名字的紅紙被道士安置在玄關左側的小桌上，那裡本來是放零錢與鑰匙的地方。

你死掉以後就變成神明了對不對？那你知道爸爸在求什麼嗎？

當然是下一期的頭獎號碼呀，這還用說。

你眞的知道那些號碼？

弟弟看著我，笑了。那個笑容讓我想起他賭對了某隻白鷺鷥，看著那個白影愈飛愈遠，彷彿贏得了全世界。

線香熏得我睜不開眼睛，神像卻睜著巨大的雙眼，似乎想說些什麼卻說不出口，向上揚起的嘴角仍然緊閉，那對眼球露出的眼白上下間距相等，讓祂看起來不太像人，比較像是某種動物的眼睛。

「姦恁娘，我這麼認眞求怎麼會沒用。」爸爸說。

每天早晚都要祭拜一次，先拜神明，再拜祖先，最後是寫有弟弟名字的紅紙條。儀式結束後，我們吃著被香熏過的飯菜，涼的，裡頭有燒過的氣息。我開始計畫逃家，冷掉的雞肉在嘴裡嚼成一團然後卡在喉嚨，總是讓我無法順利吞嚥。

弟弟死後隔年合爐那天，那張紅紙被道士丟進火裡燒成灰燼，放置在玻璃櫃裡的牌位內側寫上了弟弟的名字與生卒年月日。先拜神明，再拜祖先。

我突然想起他的名字是媽媽取的。

換下那件沾著旅館漂白床單氣味的衣服，我怕深夜在公用浴室洗澡會吵醒其他房客，只稍微清潔陰部然後擦了澡，就換上睡衣躺在床上。

姊，那條河到底有多少隻白鷺鷥啊？

我不知道，不要再問了。

極度疲倦之下，我卻無法馬上睡著。

我似乎看見那些白色的鳥在暗色的樹上，映著河面微弱的光線更像鬼影，恍惚之中，換成幾隻夜鷺放鬆地在釣客身旁走踏，等待魚上鉤後被餵食。城裡的公寓則陷入一片黑暗，只有神桌上的神明燈還亮著，那種紅色不像火，比較像是燃燒殆盡的太陽殘骸。

有時候神明燈和河邊的路燈一樣，突然閃爍又恢復正常。爸爸轉緊每顆紅色燈泡，那隻全雞蹲踞在神桌上，油亮的雞皮被光照得更紅，一粒粒疙瘩上突起的寒毛也被染成了鮮紅色。我努力壓抑想把那些毛一一拔起的衝動，雞頭微微地往右側傾斜，眼瞼內側大半露了出來，眼球凹陷呈現混濁的血紅。

只有那座神像的眼睛是幽微的螢光，正盯著什麼看似的。

「這是很難的技術，妳看，一般義眼只要一顆，就是做一顆假的仿真的那顆，不知道的人覺得那兩個眼睛原本就是一對，不會發現哪裡怪怪的。但是做神明的眼睛就很難，大家本來就知道那對眼睛是假的，要看起來炯炯有神就要有眞功夫。」

夢裡的抓鳥伯仔對還是小女孩的我說道。

「叔叔，所以神明到底是眞的還是假的？」

「當然是眞的啊。妳去把燈關掉，有沒有看到眼睛在發亮？」

「有耶。」

「那就對了呀，妳做了什麼神明都能看得一清二楚，所以半夜不可以偷偷做壞事喔。」

「我才不會做壞事。」

那時爸爸和媽媽的感情還沒破裂，弟弟也還沒死去，爸爸不知道在哪裡認識了抓鳥伯仔，開始玩樂透、簽賭然後到處求明牌。

爸爸聽他的建議，在製作神像時特別訂製了一對眼球，除了左右規格、色彩、瞳孔大小完全一致之外，師傅還做了個機關，當外來的光線照進眼睛上層的虹彩，會折射出匯聚的光點，那讓神像看起來像活的，他還要求師傅添加螢光劑，夜裡發光更顯神威。

弟弟很怕抓鳥伯仔，只要聽到抓鳥伯仔要來家裡就會躲到神桌底下，像隻貓縮在黑暗裡，等他走了再慢慢爬出來。

我和弟弟不一樣，那時的我覺得身為姊姊不應該那麼害羞，除此之外，我也很好奇抓鳥伯仔做對了什麼，才能每次賭、每次贏。

「叔叔，你剛剛說的義眼到底是什麼呀？」

他低頭看著我稚嫩的臉龐，蹲下身與我的視線平行，把左手伸向自己的左眼，頭稍微向前傾，雙眼往下看，中指撐開眼皮，再用食指與拇指取出義眼。

那顆躺在手心裡的眼球是暗黑色的瞳孔，反光質地的眼白血絲張裂，反面則是不規則的凹陷讓肌肉可以帶動義眼的轉動。我似乎聽見神桌底下的弟弟倒抽了口氣，他一定在偷看我們。

「要不要摸摸看？」

只剩一顆眼睛的抓鳥伯仔仍慣性地眨著眼，他那凹陷下去的左眼瞼流出了像油一般的眼屎，整副身體鬆垮了下去，如同螺絲鬆了開來。

年幼的我搖搖頭，彷彿看見死掉的東西，不自覺地後退幾步。

我驚醒過來。

天已亮，屋簷仍滴著雨滴，弟弟的鬼魂早就消失在光裡。我爬起身，睡不到幾個小時而感到一陣疲倦，我看著擺在角落裡的那尊神像，只剩一顆眼球不再發光。

我用雙手將祂捧起仔細檢視，發現背上有個小孔嵌著一塊圓形木頭。

後來的記憶逐漸浮現：弟弟死了，爸爸賭運不佳賠了一大筆錢，他與抓鳥伯仔撕破臉，在家裡亂砸東西，連神明桌也不放過。

記得離家出走那晚也下起了大雨。雨好不容易停了，我背起包包走過客廳，神明燈全壞了，留下一片黑暗，走近發現一絲微弱的螢光漂浮在地板上，神像倒在那裡，左眼被人用銳器破壞，鑿了一個大窟洞，剩下另一隻眼睛的光只能稍微照亮前方的木頭地板。

把祂帶走吧，祂這麼可憐。

那晚我騎著媽媽的腳踏車在城市裡遊蕩，天空仍飄著毛毛細雨，我流了滿身的汗，龍頭都濕了，綁在後座塑膠椅上的包包裡藏著那尊神像，騎過沒鋪好的柏油路時騰空飛起又沉沉落下，響亮的撞擊聲聽起來非常可疑。

我擔心地從包包拿出神像察看，撫摸那沉重的木質結構，細緻紋路與我的指紋吻合。從上方俯視這張少了一隻眼睛的臉，完全不見原有的武神之氣，反而更像一個經歷過打鬥的武將凡人，一聲悶哼從那密閉的體腔內傳出，似乎有東西在裡面騷動著。

手機忽然響起訊息通知聲，嚇了我一跳。

是阿姨。阿姨不見得是女的，常幫我牽線的這位就是個文青老 gay。十六歲離家後，有半年我借住朋友的頂樓加蓋隔間，被介紹去做直銷，在那裡遇到也兼職賣營養品的阿姨，他一共有三支手機，一支做直銷，一支聯絡小姐，一支聯絡客人。

「這樣才不會搞錯啊，這叫做買保險，懂不懂？」

阿姨雖然嘴巴有點壞，但是特別照顧我。他告訴我哪裡有便宜的合租雅房，幫我篩掉有風險的客人，還告訴我一些小技巧，像是用什麼姿勢比較省力，客人也比較快結束，還有避孕藥要買哪個牌子比較沒有副作用，哪裡墮胎比較便宜，比女人還更懂女人。我想媽媽還在的話，應該也不會告訴我這麼多吧。

阿姨也請徵信社的朋友幫忙找媽媽，可是她好像離婚後再也沒回台灣，我也就死了這條心。他對我那麼好，因爲只有我這個小姐沒家人也沒男友，有空閒陪他到地下街挑水晶招桃花，失戀時一起看他最愛的王家衛。

妳昨天是不是又自己騎車回家？

嗯，就想吹吹風。

妳這樣不行欸，發生什麼事我也沒辦法幫妳。

沒事啦，頂多被流浪狗追。

對了，昨天晚上那位大叔，啊不對，阿北又指定妳囉。

蛤？他想幹麼？

就是想再爽一次吧，他很喜歡妳欸，這麼老也能濕，厲害。

你很煩耶。

好啦，今晚有空嗎？沒事我就幫妳接這個囉。

價錢會提高吧？

連續兩天霸占我們家公主，當然會漲價。

欸，你有問他幹麼不找其他妹妹嗎？

有喔，他說很有戀愛的感覺。

什麼鬼啦。

他說，你們家妹子的眼睛很水，是他喜歡的那款。

好喔。

竟然不是稱讚鮑魚欸，好正派的阿北。

他才不正派。會來嫖哪裡正派。

哎，別這樣說嘛，人家是衣食父母耶。

你跟他說，價錢翻倍，不做特別服務，一樣只做一節，不要就拉倒。

哇，這麼有自信。客人聽到跑掉不要怪我喔。

我隨便選了一個Okay的貼圖送出，便把手機放回桌上。

到了晚上，雨下得更大，常與阿姨配合的小哥開著車快速駛過那座橋，河的兩側燈火通明，橋下那塊沙洲似乎已經被黑色的雨水淹沒。

我忽然想起爸爸說過的那個夢。

八歲的時候，某天晚上爸爸的夢裡也下起了大雨，河水滿到堤防水門的邊緣，就要淹沒整座城市，車子泡在水裡漂浮著，一大群鳥在岸間來回飛行，嗚聲忽近忽遠。

「眠夢著風颱天，神明指示講你欲出運矣啦。」抓鳥伯仔聽到消息興奮地說。

隔天，我被打扮成男孩子的模樣，爸爸把我的頭髮紮成包包頭用鴨舌帽遮住，再穿上他的運動服，開車載我到河的另一頭，在某座橋墩下等抓鳥伯仔。

「啊怎會毋是恁後生來？」他看到我劈頭就說。

「阮某反對啦，伊較惜查埔的。」爸爸聳了聳肩。

「我要回家。」我說。

爸爸用力拉住我，我想甩卻怎麼也甩不開。

「等一下帶妳去吃冰炫風好不好？不要鬧脾氣了，我拜託妳乖一點。」

「無要緊啦。查某囡仔彼个猶未來，就共當做是查埔的。就愛較虔誠咧，神明袂計較囉。」抓鳥伯仔像是看我可憐，拍了拍我的頭。

他帶我們沿著岸邊走，兩個男人走得非常快，我得小跑步才能跟上。爸爸像是突然想起似的，放慢腳步牽緊我的手，對我來說還是非常吃力，他只好抱起我，連忙趕上抓鳥伯仔的腳步，遇到岔路時，他不耐煩地停下來等我們。

走到另一座橋下，沿著樓梯環繞橋柱上升，好幾次迴圈後終於上到了橋面，風非常大，被爸爸抱著可以清楚看見遠處的風光，卻也感到一陣暈眩。

這座橋遠比弟弟掉下去的那座還要大上許多。

河水映著天空的混濁，即使天亮了也仍是灰濛濛的一片，雨不知道何時會再度落下，沙洲植物沒有蔓生的地方佈滿了河水的波紋痕跡，泥灘地上幾條死魚的鱗片偶爾閃過反光，那些白鷺鷥飛過這裡時應該也看見了同樣的風景。

摩托車從我們身邊狂飆而去，我抓緊爸爸的脖子，勒得他幾乎無法呼吸，終於走到橋中央的引道，往下就是這條河面積最大的沙洲。走下老舊的樓梯，小徑兩旁長滿了大花咸豐草，那是我少數認得的植物。

「這個可以當成武器一樣攻擊喔。」

爸爸曾教我和弟弟拔下它的針刺，我還記得他偷偷把那綠色箭矢丟向媽媽的背，很快地我們的衣服和褲子都黏滿了綠色果實與黑色小刺。

我伸手拔了一顆果實下來，偷偷黏在爸爸的衣服上。等到我們穿越圍籬，在一間隱密的鐵皮工寮前停下來時，那顆綠色小草已經不知道掉到哪裡了。

裡頭都是鐵鏽的氣味，我逐漸適應內外光線的落差，才明白那是上百隻鳥發出的聲音。大多數的鳥懸掛在竹籠裡，有些在外頭隨意竄飛不時撞到燈泡，微弱的光線不斷晃動，那些應該是公鳥被母鳥的聲音與氣味吸引，之後會被抓鳥伯仔抓起來養。

我不確定工寮裡到底有哪些鳥，年紀還小的我只分得出夜鷺與白鷺鷥，媽媽曾教我要如何分辨：

「夜鷺喜歡晚上出來散步，妳看牠紅色的眼睛，就知道是個不喜歡睡覺的小朋友；白鷺鷥可以飛到很高的地方，白色的羽毛就可以隱藏在雲朵裡面，所以是白天的鳥喔。」

那天回家後，我和媽媽說看到了好多鳥，可是我都不知道牠們的名字，全都是一些好小好小的鳥。

全身綠色、腹部灰色，眼睛有一圈白色的小鳥，在鳥籠裡飛起來像旋風一樣；翅膀也是綠色，但是顏色比較灰一點，肚子很胖很白，好像戴了頂白色帽子很可愛；最酷的是一隻彩色的鳥，我還以爲我看錯了，但是後來抓鳥伯仔抓給我看，牠好像圍了一條彩色的圍巾，鳴叫的時候整個脖子都會震動。

「第一次這麼近看小鳥唱歌，超級大聲的。」

「媽媽，我也要看彩色的小鳥！爲什麼爸爸只帶姊姊去？我也要去。」

聽到弟弟這麼說，我心裡湧起一股前所未有的快樂感受。

「弟弟，那些鳥都是抓來的，沒什麼好看。」

「可是爲什麼姊姊可以去我就不能去？爲什麼？」

「不行就是不行。」

「姊姊說，她有餵那些小鳥吃小米，我也想要跟牠們玩——」

「那些鳥最後都會死掉，知不知道？」

弟弟聽到媽媽說的話，立刻放聲大哭。

「死」這個字眼在小孩子心裡代表的意義其實很簡單，就是一個會動的生命突然不動了，大家就說牠死了，再怎麼努力搖牠都不會醒來，但是媽媽嘴裡說的死，絕對不只是這個意思。

今晚的房間和昨天一樣，牆上鑲著假窗裝飾，但是景色從日落海灣變成了鄉村田園，依舊倒映在抓鳥伯仔的眼球表面上。他很快地完事後癱軟在床上，我盯著他看，那雙眼睛眨也不眨一下，就像是死了。

「妹仔，不要再看啦。」

他回過神來，終於眨了眨眼。

「我只是覺得大哥你很眼熟，我們好像在哪裡見過耶。」

「是噢，像我這樣的老頭到處都是，妳們年輕妹妹一定看不上眼啦。」

「大哥，年輕妹妹也到處都是啊，你今天幹麼又找我？我開這麼貴，賺太多花不完喔？」

「哈，是賺很多沒錯，不過是因爲妳值這個價啊。妳媽很會生，目睭眞婧。」

抓鳥伯仔瞪大眼盯著我瞧，我慢慢地貼近他的臉龐，凝視那兩顆眼睛，仔細觀察之間些微的差異，忽然伸出手，差那麼一點就把他的左眼挖了出來。

「妳這是咧創啥？」

他直覺地撥開了我的手，眼皮又眨了好幾下，好弄濕那顆突然被侵犯的義眼。

「大哥，你的眼睛也很漂亮，我想摸摸看是不是眞的啊。」

「妳是咧練啥物痟話？」

抓鳥伯仔的臉頰脹紅，坐起身來在床上翻找自己的衣服。

「妳到底想幹麼？」

「大哥，我問你喔，你信神明嗎？」

「信啊，誰不信啊。」

「那你覺得神明會實現每個人的願望嗎？」

「不一定吧，要看妳誠意給的夠不夠。」

「那如果我今天抓一隻鳥給神明，這樣夠有誠意了吧？」

「妳是咧講啥潲啦！」

「大哥，那你覺得應該要抓哪一種鳥，神明才會喜歡啊？」

抓鳥伯仔來不及繫上皮帶，匆忙地穿上鞋子。我沒有阻止他，裸著身跟他走到房門口。

「大哥，是要抓會唱歌的還是顏色好看的啊？還是眼睛漂亮的呢？」

「姦恁娘，拄著神經病。」

他用力關上門。我忽然失去全身力氣，躺在床上，皮膚被冷氣吹起了雞皮疙瘩。

眼前是那片虛假的田園風景。房間突然變得好安靜，只剩下冷氣機的運轉聲，我緩緩爬起身走到牆壁面前，把窗簾拉開了一些。稻田裡有個小小的稻草人，更遠的地方有隻小鳥飛過天空的黑色剪影，牠飛得太快太急，我來不及分辨到底是哪一種鳥。

姊，妳看，那隻鳥不是白鷺鷥也不是夜鷺，好奇怪喔。

耳裡又響起弟弟的聲音。

在工寮裡的那個下午，我挑中的到底是什麼鳥？

神像藏在房間角落的包包裡頭，即使我剛剛把祂拿出來，抓鳥伯仔不會記得，也不會承認的，如果我眞的想要知道答案，只要想辦法把後面的木頭塞子拿掉，就可以知道是哪一隻鳥。

我對自己天眞的想法感到好笑，難道當初我選了另一隻鳥，這一切就不會發生了嗎？還不就是從一隻鳥換成另一隻鳥，如同我與弟弟之間，必然有一個人會先失去一切，只是時間早晚的問題罷了。

快天亮的時候，我仍從旅館後門離開，巷子走到底從河堤邊上橋，搖搖晃晃地抓緊欄杆走著，早上的風很清澈，還沒有被車子排出來的廢氣汙染。我走下引道，橋墩下的塵土隨著我的腳步揚起，我突然停了下來，感覺有東西正注視著我。

是一隻夜鷺。

牠血紅色的眼睛出現在陰影之處，眨也不眨，彷彿很久沒看到人一樣，眼裡發著暗光。旁邊有個紙盒，我慢慢走近，牠仍盯著我，絲毫沒有要移動的跡象。那紙盒裡裝的是隻全雞，好像剛從店鋪買來，紙盒還染著雞皮的黃色脂肪，光滑油亮。

想起那個下午選完鳥後，抓鳥伯仔帶我們到橋墩下的陰影處，那裡有幾張鐵椅可以坐著休息。他從工寮的冷凍櫃裡拿出幾盒拜過的油雞，還有幾罐啤酒，我們打開一盒煙燻的吃，看著對面河岸騎腳踏車的人來來去去，爸爸把吃完的骨頭一塊塊地吐進沙土裡，揚起陣陣土灰。

突然有一隻夜鷺從濕地那側飛過來，翅膀拍動的聲音嚇了我們一跳。

「驚死！我掠做警察逐來矣。」抓鳥伯仔說。

「妹妹，我們有看過這種鳥嗎？」爸爸覺得牠的動作很有趣，直直地盯著牠看。

「有啊，騎腳踏車的時候很常看到，媽媽很喜歡，她覺得很可愛。」

爸爸笑了。

「掠鳥兄，你有掠這款鳥仔無？」

抓鳥伯仔又瞥了那隻鳥一眼。

「這款大隻鳥仔我無咧掠，眞歹處理咧，啊你是欲逐工掠魚仔去共飼喔？」

爸爸用牙齒把雞骨頭剔掉，丟了一塊肉給那隻夜鷺，牠卻飛走了。

「怪奇囉，暗光鳥毋是暗時才會出來？」

抓鳥伯仔低聲碎念了一句。

「按呢，敢講是歹吉兆？」爸爸皺起了眉頭。

「莫想遐濟，咱明仔載就來入神，早做早快活啦。」

我朝那隻夜鷺走過去，凝視牠的左眼。

牠終於眨了一下眼睛，那瞬間彷彿有了表情。在我的想像裡，牠對我產生了恐懼又好奇的感受，卻難以理解這些複雜的情緒。我忽然絆倒在地，背包裡的神像跟著掉了出來，在沙地上撞出悶響。

一抬頭，那隻鳥已經飛走，飛到另一塊沙洲上了。

我撥開土灰，想要找到那絆倒我的東西。是個完整剁下的雞頭，左邊的臉靜靜地躺在地上，疙瘩與雞冠已被大地染成深灰色，就連眼皮上的細毛也是黑色的。

那尊神像倒在土裡，原本乾淨的臉龐被風吹起的沙逐漸淹沒，隱約聽見裡頭傳來遙遠的鳥鳴，正爲了一天之始而喜悅地歌唱著。我站起身，用逐漸變淡的黑色河水將祂洗淨，那顆眼球仍在晨曦之中發著螢光看我，像是還有故事要說。

我卻只想再次躺下，聽著那未知的歌聲然後好好地睏去。

熟悉的迷宮

茉莉的女兒那天晚上又作夢了。

她還在讀幼稚園的時候，茉莉盡量每晚睡前都說一個故事給她聽，現在升上小學，需要花很多時間寫功課、訂正考卷，茉莉又懷了第二胎孕吐很嚴重，只好先跟公司請了一段長假。突然多出一些時間可以陪女兒，她鬆了口氣，心裡那積累已久的愧疚感終於有機會彌補。

那是因爲女兒在不久前不見了，雖然只有一個下午，也沒有發生什麼意外，她仍覺得自己好像不小心忘了女兒的存在。

從此之後，女兒不斷作噩夢，然後驚醒過來，跑到爸媽的臥房裡求安撫。他們決定就把房門開著睡覺，不然個子還小的女兒勾不著門把，半夜聽見小孩子邊哭邊敲門實在挺可怕的。

那天晚上茉莉的先生值夜班，只有她一個人躺在床上，白天趁吐過一回後的空檔趕緊換了床單，因爲嘔吐，身體沒有什麼力氣，但是她知道如果要等先生換，又得等到假日了。她懷這胎不知道爲什麼對氣味特別敏感，記得懷女兒的時候完全不會孕吐，食慾還太好，被醫師警告要節制一點。

「這胎一定是男孩，男孩子的賀爾蒙跟媽媽不一樣，身體的反應會特別強烈喔。」茉莉的婆婆和媽媽都下了同樣的結論。

其實比起生男孩，她還比較想再生一個女孩，不過這由不得她。如果是女孩，有些衣服不用重買，妹妹跟著姊姊長大、模仿姊姊的行爲舉止也滿好的，對茉莉來說，只要把大女兒教好就省了許多煩惱事。

「可是妳忘記我們叛逆期的時候有多可怕嗎？」茉莉的大姊說。

「妳還扯我的頭髮，然後我把妳最喜歡的鞋子丟到樓下。」二姊說。

「那雙粉紅色的帆布鞋，我記得後面還有個蝴蝶結造型對不對？」茉莉說。

哎，一群女孩子好像也很麻煩呢。

她摸了摸自己的肚子，第二次懷孕也沒有像第一胎那麼期待了，只感覺自己鬆弛的皮膚又被撐起，好討厭啊。茉莉在黑暗裡側躺著，一隻手撫過先生習慣睡的那側，乾淨的床單沒有一絲他的氣味與痕跡，那讓她感到有些孤單，卻又像回到單身時的自己，連半個男朋友都沒交往過的時候。

茉莉快要睡著之際，女兒爬上他們的床，茉莉抱住她，摸了摸她的臉，那裡沒有淚水的痕跡。

「妹妹，怎麼了呀？」

「媽媽，我今天晚上可以睡這裡嗎？」

「可是這樣爸爸回來就沒地方睡，妳是不是又作噩夢了？」

「嗯，妳想要聽嗎？」

「我想睡了，明天再說好不好？」

女兒的手探進茉莉的睡衣，輕輕摸著那略微隆起的肚子。

「拜託啦，寶寶也想聽。」

「好吧，長話短說喔。」

女兒連忙坐起身，像要上台演講似的，那是她不知道第幾次說故事給茉莉聽。

「我跟妳說，我夢到我們班的人都變成小鳥喔，然後最後一堂課老師說下課，大家背好書包，好像有魔法一樣，大家變成小鳥從窗戶飛出去，來接我們的那些媽媽都很著急，在學校裡面一直找，一直喊班上同學的名字，但是我們都不管她們，在操場上面一直飛來飛去。」

「好奇怪的夢喔。」

「然後有一個變成黑色小鳥的女生，就是我跟妳說當班長那個，她覺得這樣繼續玩下去會被訓導主任罵，她就往她媽媽那邊飛下去，碰到地的時候就變回人了。妳知道嗎，她變的那隻鳥尾巴還有分岔，跟她的頭髮一樣。」

女兒頓了一下，像是在回想故事情節。

「後來大家都怕被罵，飛回去了。可是我一直沒有看到妳，我就從學校飛了出去，想找我們家在哪裡，可是一直揮翅膀好累喔，我怎麼找都沒有看到。」

「然後呢？」

「然後我看到那個河，就是妳肚子裡還沒有寶寶，爸爸會帶我們去騎腳踏車的那個河濱公園，我就跟著那條河一直飛，然後我看到一堆跟我長得很像的小鳥，牠們都站在石頭上面，我就想要飛下去找牠們，快撞到地上的時候，我覺得好可怕，好像快掉下去了，然後……然後我就醒了。」

女兒說完喘了口氣。黑暗之中看不清她的表情，但是茉莉感覺到她說故事的興奮情緒。茉莉想起那天女兒不見，就是因爲她記錯日子，忘記去學校接女兒，傍晚她從公司趕回家煮晚餐，才發現女兒一個人蹲在家門口。

一定是懷孕的關係害她記憶力變差，她也只能這麼想。

茉莉摸了摸女兒的背，總覺得夢裡有些奇怪的地方，還沒有好好想透。

「妳剛剛說跟妳長得很像的小鳥，是哪一種鳥啊？」

「就是一種石頭變成的鳥啊。」

「石頭？」茉莉聽不懂女兒在說什麼。

「嗯，就是一種我們都沒有看過的鳥。」

「等一下，妳說沒有看過，所以是妳想出來的囉？」

女兒聽到茉莉的問題沉默了一會，然後在黑暗中點了點頭。

「嗯。我自己想出來的。」

說完，她親了一下茉莉的肚子，就溜回自己的房間了。

茱莉幾乎整晚沒睡。

她反反覆覆想著女兒的夢，那和之前的夢不太一樣。過去都是一些典型的噩夢：下樓梯踩空、被怪物追趕、找不到要交的功課。茱莉問過兒童諮商心理師，他說，孩子在這個年紀頻繁作噩夢不用過度擔心，可能是生活改變造成的壓力反映在夢裡。

「你們家就快要有新成員了，對妳來說，可能就只是多了一個小孩要照顧，但是對妳女兒來說不一樣，她可是第一次當姊姊呢。」

說的也是。茱莉從來沒有當過姊姊，不懂那是什麼樣的心情。她突然覺得好難，照顧孩子眞的好難，還不如養條狗算了。她努力坐起身，腦中又傳來一股想吐的衝動，但是胃裡什麼也沒有，勉強把噁心感壓了下來。

幹麼又自找麻煩生孩子呢？

還不是因爲女兒。她是那種媽媽們公認的「天使小孩」，一出生就不愛哭鬧，母奶準時斷奶，不挑配方奶也不挑食，對茱莉喊了第一聲「媽媽」，在學校也沒有被排擠或排擠別人的問題，沒有任何學習障礙的跡象。若要說缺點的話，應該就是女兒太乖巧了，老師和同學對她沒什麼特別的印象，不過在這個少子化的時代應該也不成問題。

就是因爲這樣，茉莉的姊姊們、媽媽還有婆婆都建議她再生個孩子。

「再生一個，妳女兒就不會這麼孤單，她會蛻變成姊姊的角色，懂得競爭的道理。」大姊說。

「什麼競爭的道理？」茉莉說。

「哎，妳是最小的當然不懂。」二姊說。

「認眞說，我覺得妳想生就生，太累就不要生了，人生苦短。」大姊說。

「我是不排斥啦，我婆婆也支持我再生一個。」茉莉說。

「別鬧了，她是想抱孫子吧，重男輕女的老一輩都這樣。」二姊說。

「她說她沒有重男輕女。」茉莉說。

「拜託，他們家生了三個男生耶。」二姊說。

「哪像我們家，媽生到妳就拚不下去了。」大姊說。

其實茉莉一直覺得女兒和自己很像，因爲她是家裡最小的孩子，年齡較近的姊姊們自成一個群體，雖然她和獨生女一樣被家人寵愛呵護著，仍經常感到有些孤單。等到長大後，建立自己的家庭，她與先生都是照顧者，不可能成爲女兒眞正的玩伴。茉莉似乎可以理解女兒，卻也知道有些事情她不可能完全理解，她害怕等到叛逆的青春期，她們將會愈來愈疏遠。

她把這些擔憂都告訴先生，說完後忽然覺得自己太過焦慮，她第一次懷孕的時候根本什麼也沒想，只覺得到了該生小孩的年紀，現在接近高齡，生育反而變成一件需要思考的事。

「因爲妳已經是個媽媽了吧，知道會發生什麼事，當然就會想比較多。」

「有可能吧。多生一個小孩也沒什麼不好，你覺得呢？」

「我覺得，生小孩很好呀。」

「正經一點好不好？」

「我很正經啊，妳不覺得有女兒之後，我們的感情更好了嗎？」

「你好正向思考喔。」

「我很認眞。」

「好吧，我也認眞想想。」

有時候，茉莉覺得先生不過就只是出一張嘴，可是那張嘴講出來的話又有點道理，總是讓她不再那麼焦慮。茉莉甚至覺得先生比自己還更疼愛女兒，他絕對不會忘記去接她放學。想到這裡，茉莉感到莫名嫉妒與欣慰，她畢竟還是沒有選錯結婚的對象。

忽然她的肚子從裡面被踢了一下，她嚇了一跳，深吸口氣。

這當然也不是茉莉的第一次。她還記得女兒在肚子裡時非常喜歡亂踢，特別是先生對她說話的時候。茉莉忽然有些懷念，雖然女兒還只是個念小學的孩子，她卻覺得不久後她就要變成一個大人了。

肚子裡的寶寶一定是抗議她太早起，他們也有點餓了。茉莉慢慢下床，想到廚房弄些吃的，這時門鎖忽然轉動，是先生回來了。一開門，他看到她一臉驚訝。茉莉說她餓了，他點點頭放下公事包。

看著他的背影消失在廚房門後，她在餐桌前坐了下來。肚子又被踢了一下，凌晨五點多，一切都非常安靜，只有壁鐘秒針微弱的走動聲，家裡好像只剩下她一個人。

有時候送女兒去學校後，茉莉回家會盡量做完家事，然後等待下一波的反胃感湧現。在那樣的時刻，常常有種怪異的感覺浮現，彷彿有異物卡在自己的身體裡，再怎麼吐也只是把吃下去的食物反芻出來而已。她的理智又不斷說服自己，肚子裡的東西是個小生命，是另一個擁有她與先生的基因混合而成的胎兒。

腦海浮現一個可愛的小男嬰形象，茉莉感到幸福又有種難以言說的恐懼，她並不是一個人獨處，在滴答的時鐘聲響裡她必須對他說點什麼。

嗨，親愛的小孩，要快點長大喔。

沒有人回應她。

茉莉與肚子裡的胎兒吃完早餐後，血糖快速升高就睡著了。先生又喝了一杯咖啡，七點叫女兒起床，等她吃完早餐後送她去上學。回家後他也鑽入被窩，身旁的茉莉側著身睡著，弓起的背像是海浪般起伏，他拿掉眼鏡，模模糊糊看著那幅景象也睡著了。

他不知道，那天早上茉莉也作了夢。

她變成一隻遷徙的飛鳥，在幾座相連的山丘上方徘徊，連續幾日的飛行讓牠渾身緊繃疲憊，陽光又如此燦爛，右眼所見的地形輪廓觸發磁覺，爲牠導引方向，熟悉的景色依序在羽下綿延，卻忽然不見那座湖的反光。牠感到悲傷，多麼想用爪子輕探那表層溫熱、內部冷卻的湖水，以腹部感受從遠處傳來的脈動，用嘴喙驚擾附著在底層的軟體動物。

那股悲傷似乎讓牠變得比較不像一隻眞實的鳥，而是被人夢到或想像出來的。忽然之間，牠感覺到遠方下起了陣雨，只好振翅離開那塊乾涸空蕩的谷地。牠的腦中仍舊想著那座不存在的湖，這對一隻鳥來說並沒有意義，夢到這裡牠就醒了。

那個夢逐漸遠離茉莉的身體。

她躺在床上，感覺肚子裡的胎兒也醒了過來，那不是完全有意識的淸醒，而是與母體相連所帶來的波動。她想起幾個月前尚未懷孕、還有月經的時候，愈來愈嚴重的經前症候群讓她的脾氣異常暴躁，不時與先生吵起架來。後來她在網路上讀到一篇文章：女人排卵後，黃體激素和雌激素的比例失調，導致身心內外對壓力都特別敏感。讓她感到訝異的是這一段話：

黃體激素濃度增加時會產生一種特殊細胞，這種細胞可以對母體的免疫系統說謊，掩蓋擁有父親基因的受精卵是一種異物的事實。不過，如果週期到了，母體沒有受孕，這些特殊的細胞就會脫落形成月經。6

茉莉覺得自己的情緒好不眞實，她的不安與焦慮似乎只是爲了生育機制而產生的副作用，她甚至覺得會有這些負面的感受，都是因爲身體正在欺騙自己。她想起生完女兒半年後，月經再度來潮，又回到那個月復一月的循環裡頭，感受體內經血與情緒的消長，因爲同樣從陰道出來的女兒斷了母奶，無法繼續抑制懷孕的可能。

午後的陽光灑進臥室，這天並不是特別晴朗，不過也沒有下雨。她緩緩坐起身，忽然又感到一陣噁心，怕吵醒正在熟睡的先生，急忙走到廚房關起門吐了起來。臉盆裡都是早上他做給她吃的太陽蛋吐司，一股發酵味道瀰漫開來，她趕緊打開後陽台的窗戶通風。外面的風景被黑色紗窗切割成網狀，陽光消失，只剩下一片灰白色的天空，與密集的建築物在山坡底下散開，山丘旁有一處土紅色的圓圈空地，應該就是女兒就讀的那間小學的操場。

一隻鳥飛進茉莉的視線，她舉起雙手握成拳頭狀，中間露出隙縫模擬望遠鏡的功用，那隻鳥非常遠，黑色剪影混雜在樹林之間，她努力追蹤，一下子就跟丟了。她凝視著那座山，樹木層層細密堆疊，沒有一絲裂縫，和觀賞一幅細膩的油畫一樣，好像只要這樣凝視，那隻鳥就會再次出現。風景恢復原有的寧靜，有幾隻鳥的身形太小，即使飛過那座山，茉莉也無法察覺。

她忽然覺得好渴。

嘴巴裡還殘留著胃酸，她想起醫師叮嚀過吐完要記得漱口，不然胃酸會侵蝕牙齒。她拿起水壺倒水，一口氣把整杯水喝完，胃袋瞬間脹滿了液體，不小心嗆到了，不斷咳嗽，覺得整個身體都縮了起來。她用力抓著擺放廚具的鐵架，生鏽的觸感刮著手心。

早上的夢忽然又回到了茉莉的身體裡，她覺得自己掉進了那座湖，水灌進體內，掙扎，雙腳彎曲然後打直，手臂揮舞像鳥一樣，衣服濕透沉重，腳上的帆布鞋踢落，緩緩沉向深處，直到她抓住某樣生鏽的東西才停止墜落。

浮上水面，一群雁鴨被她忽然出現而嚇著，發出警戒的叫聲飛離水面，躲進草叢觀察。她睜開眼，發現自己渾身無力地坐在廚房地板上，水壺傾斜，滿地都是水。

那瞬間她以爲是羊水破了，直覺地摸向自己的陰部，那裡只有膀胱鼓脹著。她吃力地爬起身走到廁所，花了一段時間把多餘的水分全部排了出來。

即使茉莉已經長大，還生了個女兒，媽媽有時候還是會提起那個好久以前發生的意外，好像她永遠都是個小孩，一不小心又會掉進那座湖裡。

那時他們住在一棟蓋在半山腰的社區大樓，兩個姊姊經常帶著茉莉在社區附設的籃球場裡玩耍。有次二姊發現籃球場的防護網破了洞，剛好是小孩子鑽得過去的大小，翻過那片扎人的鬼針草叢後，一塊緩坡凹陷的谷地出現在她們眼前，裡頭長滿了某種質地蓬鬆柔軟、帶著稻穗般種子的小草，幾顆石頭散落堆疊，土地龜裂開來，那些縫隙仍長出了幾株操場常見的綠色雜草。

茉莉發現好幾隻蝸牛藏在谷地裡，有的仍以肉身擋著殼口，有的拿起來非常地輕，只剩下螺旋狀的殼，有的早已風化破洞，裡頭長滿了草，那些殼被一層土黃色的垢完全包裹著，像是一個個散落在地的陶土藝術品。

她們年紀還太小，完全沒有意識到那裡曾經是湖。

一圈水草環繞、傾倒的枯木、輪胎、生鏽的腳踏車，許多暗示對她們來說只是單純的發現，因爲平常在遊樂場玩耍的時候，她們已經習慣撿拾各種小東西彼此交換，正如原始社會的活動模式。

那塊谷地成爲她們的祕密基地，直到夏日雨季來襲。等到雨終於停了，她們又跑去那裡，從草叢鑽出來是一片湖光景色，除了石頭之外，所有的東西都被水所掩蓋。如同夢境一般，兩個姊姊還沒回過神來，茉莉就掉到了水裡。

她剛好落在那輛腳踏車附近，在混濁的湖水中她一把抓住龍頭，沿著車體爬上岸。從此之後，媽媽禁止她們靠近那座湖，破洞的防護網也馬上圍住，應該再也沒有小孩去過那裡。

「那個時候到底發生了什麼事，我完全不記得了耶。」大姊說。

「小妹，我敢保證，我絕對沒有推妳下去。」二姊說。

「我也沒有喔。」大姊說。

「妳們兩個都幾歲了，還在開這種玩笑。」媽媽說。

「啊，我記得那個暑假媽送我去學游泳，害我以爲那個湖是游泳池吧。」茉莉說。

兩個姊姊聽了大笑，媽媽搖了搖頭也笑了出來。

「好啦，都怪我就對了。」媽媽說。

「開玩笑的啦。」茉莉說。

茉莉把家裡打掃乾淨，換下濕透的衣服丟去洗，那件衣服並沒有和當年一樣沾滿了鬼針草與泥濘，就只是一件濕透的連身裙睡衣。洗衣機在後陽台不停震動，規律的撞擊聲刺激著茉莉的耳朵，她換上外出服，把嘔吐袋裝進帆布包裡，留了張字條要先生幫忙曬衣服，就出門了。

她走在街上，微風輕輕吹過，忽然覺得自己隨時都可以逃跑，想去哪裡都行。她可以沿著這條路一直走，就會走到公車站，搭十分鐘的車就到火車站，想要南下或北上都行。她知道坐上火車之後心情絕對會變好，年輕時的她最喜歡選靠窗的位子，聽著心愛樂團的歌，看著風景流過窗外。

那感覺已經是好久以前的事了。

茉莉仍往學校的方向走去。

她想起曾和女兒說過那座湖的故事，那是她唯一一次自己編故事給女兒聽，那時女兒還在讀幼稚園，從圖書館借來的繪本全念完了，她並不是那種很會編故事的媽媽，可是沒有故事女兒就睡不著。

「小女孩很幸運，她在湖底找到一輛腳踏車，幸好那輛腳踏車沒有壞掉，還能騎，她騎著騎著車子就飛了起來，從湖裡衝了出來，大家都嚇了一大跳，小女孩就得救了。」

「然後哩？」

「然後，小女孩就把那輛腳踏車帶回家。她本來想把它當成飛天腳踏車，但是那輛車一上岸碰到空氣，就全部都生鏽了，小女孩只好把它放回湖裡，想等到長大後再把腳踏車拿上來。『說不定湖裡的水有神奇的力量，可以把腳踏車修好。』小女孩這麼想。」

「那她長大之後有去把腳踏車找回來嗎？」

「嗯，她忘記了，後來小女孩的媽媽買了一輛全新的腳踏車給她，她就忘記那輛飛天腳踏車了。」

「我也好想騎看看喔。」

女兒露出羨慕的表情，茉莉摸了摸她的臉，然後起身。

「好啦，故事講完了，該睡覺啦。」

「再講一個嘛，拜託。」

「今天不行，已經很晚了。」

「那可以問一個問題嗎？」

茉莉點點頭。

「爲什麼小女孩會掉到湖裡啊？」

「因爲……大雨之前，她把一顆很寶貝的彩色彈珠藏在一個蝸牛殼裡，她不想被姊姊們發現，所以她回到那裡的時候，急著想把彈珠找回來，就跳到了湖裡。」

「她好笨喔。」

女兒看起來若有所思，似乎發現了什麼不太對勁，這個故事確實與她說過的故事有所不同，它沒有一個完美的結局。

「好了，該睡覺了，我要關燈囉。」

「媽媽，我可以再問一個問題嗎？」

「妳剛剛已經問過了。」

「拜託啦。」

「好喔，最後一個。」

「這個故事是眞的，還是妳想出來的？」

女兒的眼睛看著茉莉，遺傳到她的棕色瞳孔被夜燈微微照亮，像兩面小鏡子反映出自己的臉。

「嗯，是我昨天夢到的。」

她似乎知道茉莉沒有說眞話，也只是眨了眨眼，然後打了一個長長的呵欠。

不知道從哪天開始，女兒不聽床邊故事也睡得著了，甚至在夢裡還會編故事給自己聽。自從女兒頻繁作夢並講給茉莉聽，她發現女兒比自己還更擅長講故事，女兒變成大人，茉莉變成小孩，她們每天都在期待那些說不完的故事。

可是故事都有說完的一天。茉莉已經忘記是什麼時候，自己的媽媽不再講故事給她與姊姊們聽。或許她們也曾經有過一段說故事給自己聽的時期，只是她們都不記得了。

茉莉走到學校的時候已經過了放學時間，她焦急地想打電話給班導師，轉過頭，卻看見女兒的身影出現在對街。

她跟在後面走著，一下子低頭注意步伐，一下子抬頭注意前方女兒的動向。拐進巷子走到底，一台台機車從她們身邊竄過，茉莉想跑去抓住女兒的手，好怕她被車撞到，卻又覺得該是時候訓練她獨立一點，至少現在還可以從後面看著她，萬一發生什麼事還能馬上處理。

茉莉緊抓著背在肩上的帆布包努力地走，眼前的女兒那個紅色書包上頭閃亮的掛飾隨之搖擺。到時候生產，絕對不能有任何意外，茉莉心想。

她生女兒時胎位不正，原本自然產緊急改成剖腹產，所以這胎也必須剖腹。單身的時候，茉莉覺得死亡這件事沒有什麼大不了，可能還是種解脫。生下女兒後，她變得非常害怕死亡，一直覺得自己不能死，死了孩子要怎麼辦，想要活下去的意志變得非常強烈，她無法理解過去的自己在想些什麼。

身旁的風景逐漸熟悉起來，那是他們一家人曾經騎腳踏車經過的河邊。

女兒出生後，先生與自己交換車子，他在淑女車後方加了孩童座椅，她則騎他的越野單車，需要單腳一蹬才能順利上去。河邊的風很大，把他們的頭髮都吹亂，女兒戴著一頂小小的白色遮陽帽，茉莉縫了一條鬆緊帶卡在她的下巴，帽子才不會飛走。有時候遇到小碎石，腳踏車就會騰空躍起，要起飛了喔，女兒在風中大喊。

這些茉莉全都記得。等肚子裡的寶寶出生之後，一定要找時間教女兒騎腳踏車，茉莉想。她喘著氣，腋下都出汗了，女兒走路的速度比平常還要再快一些。這裡沒有其他人，她不可能不知道自己的媽媽就跟在後頭。茉莉感到怒氣湧了上來。她多想大聲喊女兒的名字，命令她馬上停下來。

最後茉莉只是漸漸慢下腳步。

陽光在她的眼前搖晃，灰白色的塵土揚起，旋繞不停，不知道是芒草還是甜根子草圍繞著她，棉絮紛飛，飄散刮過她的皮膚，她環視四周，忽然不知道自己在哪裡。河水在不知不覺間消失，沒有河的流向就無法判斷方位。

女兒會不會跟她一樣也迷路了？

子宮在她體內緊縮，再跟著心臟一同放鬆開來，血液流入又流出，流過腳底又流向太陽穴。慢慢地，她聽見遠處傳來水聲，像水龍頭流出來的水敲擊到磁磚的聲音，那種不自然的感覺吸引著她朝著那個方向走去，撥開厚重的蘆葦，看見女兒站在一塊大石頭上，雙手拱成望遠鏡的樣子，專注地在尋找什麼。

「媽媽。」

「我以為妳又不見了，不要亂跑好不好，就不能在學校等我一下？」

「是妳自己先遲到的。」

「我現在肚子裡面有寶寶，走比較慢，妳剛剛也走太快了。」

「是妳自己要跟來的。」

「為什麼妳就是不能等我一下？」

「我已經等妳很久了欸，我們班班長也等很久，可是她媽媽還是有來接她。」

茉莉還想開口反駁什麼，女兒卻示意她不要再說，指著前方草叢裡那條不斷流動的河水，幾塊石頭拼成的沙洲。茉莉的雙手也拱成圓圈，放在眼前望去，其中有幾顆石頭瞬間變成了鳥，微微抖動將整顆頭露了出來，眼睛在陽光下發亮，修長的嘴喙像隻手般往前伸直，由此可辨認出整隻鳥的姿態，白色為底，灰色與黑色，還有些棕色的線如同刮痕般，一條條刻在身上。

可是她們不可能看得那麼清楚，只能粗略分辨那些鳥與石頭的不同。牠們在隙縫之間顫抖著前進，忽然停滯不動，緩慢地低頭又抬頭觀望，終於踏入灘地，在河水面前成爲一隻眞正的水鳥，水面上淺藍的反光把牠們潔白的腹部與橘紅、淡黃或棕黑的雙足照亮。

那些鳥應該是某種鷸吧。

茉莉努力回想那些鳥的名字，直到看見一隻翻石鷸重複著低頭找尋食物的動作，才想起去年參加女兒的戶外教學參觀濕地公園，大家在遊客中心依序排隊使用望遠鏡，協助的志工伯伯非常熱情，那時他曾提到幾種鳥名，可是茉莉早已全部忘記。

忽然有隻黃足鷸沿著河往前飛去，瞬間變成了另一種樣子，兩對翅膀拍打，拉扯全身的肌肉鳴叫著，一種不斷向前投射的力量在牠身上運作，那使牠變成一個截然不同的形體。

茉莉忽然明白，爲什麼女兒會夢見自己變成一隻這樣的鳥。那並不是肉體上的變形，而是在觀看的時候，不知不覺把自己的意識投射進去所發生的變化。

那隻水鳥不久後飛回沙洲，降落在灘地上與同伴一起覓食、追逐、整羽，單腳站立著休息。茉莉的呼吸與心跳逐漸緩和，體內的胎兒也放鬆下來，她放下手裡想像的望遠鏡，那些鳥又變回了石頭。

看著牠們停歇在此遲遲沒有飛走，她感到十分放心，因爲她知道這裡暫時沒有任何東西可以傷害她們。

6 參考《我們身體裡的生命演化史》，尼爾．蘇賓著，鄧子衿譯。

貓的研究

我和那個男人一起進行了流浪貓的研究。

也許是因爲無聊、過剩的慾望與無處發洩的母愛，或許我走到山裡就變得有些異常，這裡的一切正改變著我。

雖然我不願意承認他在某些精神層面確實與我相通，也被這座郊山吸引而開著那輛黃色計程車停在產業道路旁，在不知道是誰搭建的鐵皮休憩亭裡，演奏那支老舊卻保養得宜的薩克斯風。

第一次見到他，他身穿黑色夾克與西裝褲，滿是皺褶的白色襯衫微微泛黃，是那種我婚前最不可能交往的對象。他身上充滿了被這座城市壓榨之後的疲勞氣息，那種爲了生活而工作、中年後被公司淘汰的失敗男人，只能開著計程車四處接客，跟妓女沒有兩樣。

他的薩克斯風樂聲時常干擾我和流浪貓的相處，特別是那首我最喜歡的〈我只在乎你〉，總是讓我懷裡的貓也跟著哼了幾聲，輕輕咬了咬我的手腕。他的演奏技巧並不特別好，總是用 CD Player 播放專業樂手的唱片跟著演奏，形成回音效果，我在心裡則默唱那幾句永生難忘的歌詞。

　　如果沒有遇見你　我將會是在哪裡
　　日子過得怎麼樣　人生是否要珍惜

他說，因爲城裡沒有地方可以盡情地練習薩克斯風，才跑來這裡的。

「這座山沒什麼人來，以前是軍事管制區妳知道嗎？」

我搖了搖頭。

「沒關係。人啊，總是要培養一些興趣，這些流浪貓不就是妳的興趣嗎？」

他邊說邊撫弄我左邊的乳頭。

現在回想起來，他錯了，牠們不是我的興趣，就像我不該是他的興趣一樣。人爲什麼得要培養什麼興趣呢？

我想起丈夫每天都在實驗室裡跟學生進行研究，他總是會帶一疊厚重的文獻回家，邊吃我煮的咖哩邊研讀，有次那些密密麻麻的文字不小心沾到了咖哩醬，他索性不吃晚餐了。

丈夫說，我可以去發展我的興趣，找些事來做，而不是整天待在家。我上過插花、刺繡課之類的，但是課堂上的同學都大我幾歲，根本聊不上幾句，沒有孩子的我在她們眼裡是個怪胎，我只能逃到山上，把流浪貓當作我的研究、我的工作。

我當然知道這種研究是危險的，隨時都有可能被發現，從來不敢讓丈夫知道我在山上養了一群貓，他一定會覺得我瘋了。直到那個男人出現，讓我相信這一切都是有意義的。他演奏時的眼神始終沒有離開過我，那首歌必然是獻給我的。

直到貓再度回到我的懷裡，我沿著小徑往更深處走，摸著懷裡雜亂成塊的貓毛，我知道我將會與牠以及他發生關係。

某個傍晚，我沿著彎曲的道路回到城裡準備晚餐。

一般來說，貓群會在我預估的時間裡，埋頭把我帶來的飼料與罐頭全部吃光，就和丈夫一樣準時把晚餐吃完。那天，不遠處傳來薩克斯風的聲音，貓吃飽了，就往那個男人所在的方向移動，正如人們餐後享受電視娛樂一樣。

不知道流浪貓是否真懂得欣賞薩克斯風的樂聲，相較之下，有時候樹上傳來一陣騷動，三、四種不同的鳥鳴聲混在一起，更吸引貓群的注意。不過鳥總在高處，而貓又被我餵飽，牠們抬起頭，專注盯著那群在樹頂爭奪地盤的台灣藍鵲，樹叢間竄出快速移動的身影，展翅時黑白相間的尾翼不斷地晃動挑逗，貓的眼神靈活地追蹤，瞳孔裡對鳥的痴迷與對樂聲的著迷是完全不同的，那是一種與生俱來的掠食目光，在那張無辜又毛茸茸的可愛臉蛋上，一股必須被消解的慾望綻放著。

然而那股慾望有時讓我害怕，我帶來的飼料與罐頭似乎永遠無法滿足牠們。

男人的薩克斯風樂音對牠們來說，也只是某種無聊的消遣，有很好，沒有也沒差。不過牠們仍然喜歡那個閃著金光的樂器被他操縱的樣子。偶爾山裡天氣好，下午某個角度陽光會灑滿涼亭的一角，貓群各自散坐四周，樂聲似乎不是從樂器或機器裡頭傳出，而是光線在共鳴著。

或許我對那個男人來說也是種無聊的消遣。

我切著紅蘿蔔邊想。馬鈴薯在水裡滾動，在一旁的平底鍋裡丟了塊奶油與洋蔥還有豬肉片一起炒，廚房裡香味四溢，眼鏡起了霧。洋蔥一下就焦了，特別是沾到大塊奶油的部分。倒入煮著馬鈴薯與紅蘿蔔的鍋子，蓋上蓋子燉煮，透明的蓋子裡充滿水蒸氣，紅蘿蔔太晚煮了，可能要燉很久才會熟。最後加了兩大塊咖哩塊到鍋裡，攪拌，整鍋食物變成混濁的色調，熄火，接下來就是等待。

丈夫非常喜歡吃咖哩，他說已經習慣吃我煮的咖哩，比起母親煮的更濃稠而辛辣。不知道那個男人也喜歡吃咖哩嗎？他老婆煮咖哩的步驟也一樣嗎？他們吃完咖哩，看完晚間新聞，洗完澡之後會做愛嗎？他們都是怎麼輪流洗碗、分配家事的呢？他們接吻的時候，嘴巴裡也有食物的味道嗎？

丈夫不喜歡我的指尖有洋蔥與大蒜的味道，我好不容易在商店找到一種護手霜，能夠完全蓋過卡在指甲裡的刺鼻蒜味。

這個世界到處都是氣味。

一開始，流浪貓的氣味纏上我。被雨淋濕的貓總是散發一股氣味，讓我聯想到與丈夫第一次的性愛，那時我才真正意識到性的味道。之後那股氣味隨著年紀與我們所居住的城市轉變，我習慣了也逐漸淡忘，直到那座山上的貓騷味讓我憶起過往。曾經我們是多麼熱中彼此的身體，那氣味讓我感到心安，讓我充滿想要觸摸他的慾望，讓我極度興奮想要受孕。

大多數的流浪貓很少讓我撫摸，我卻渴望撫摸牠們。

某天，那個男人獨自出現在那些貓的聚集地，自在地摸著貓的後頸，搔著下巴與脖子之間的凹陷處時，牠們都露出了滿足的表情，甚至吐了吐半截舌頭，眼睛瞇成一條線，非常放鬆的樣子。其中一隻貓甚至用臉蹭著男人蹲下而緊繃的小腿肌肉，他沒有嫌棄流浪貓髒而躲開，臉上露出更加喜悅的微笑，那讓我相信他並沒有惡意。

我站在遠處看著，心裡興起一股奇怪的感覺：一半是妒忌，彷彿是我的孩子對陌生人綻放信賴的笑容；另一半是愛憐，我想女人對善於跟孩子或是動物相處的男人都特別傾心，因爲他們展露出脆弱的一面給心愛的女人看。

那個男人遲遲沒有離開。我環繞四周，沒有其他人經過，我偷偷解開塑膠袋的結，拿出四個洗乾淨、原本裝著豆腐的塑膠盒，再從袋子裡拿出乾飼料倒了進去。拉開了魚罐頭，用湯匙把濕食與乾食混在一起。貓睜開了一隻眼瞥向我這邊，開始對男人的撫摸感到不耐。

我感覺這山頭所有的流浪貓已匯聚於此，牠們胃裡的飢餓與口水的分泌已被我的出現制約，四隻腳不聽使喚地往這裡走來，嘴裡發出尖銳急迫的叫聲。我將裝有飼料的塑膠盒放置在草叢裡，一站起身，那裡馬上就被貓群占領，那隻貓因爲被男人抓著，伸出利爪在他的褲子留下許多抓痕。

忽然一群登山客沿著產業道路走來，登山杖在柏油路上撞擊出清脆的聲響，貓群警覺地抬起頭，停止進食，牠們似乎也知道自己不該出現在這裡。我拎著塑膠袋站在草叢裡，其中一個女人瞧了我一眼，又看到那個男人摟著貓站在不遠處，她的眼神充滿懷疑，卻沒有停下腳步。

等到他們離開，我拿了另一個塑膠盒到男人面前。

「不要在這裡，太容易被看到了。」

「沒什麼好怕的。」

他放開雙手，貓撲身而下舔食，還不時抬頭，瞧一眼剛剛抓住牠的男人，眼神充滿了對食物的飢渴與被奪走的恐懼。

那時的我在想，人類是否總是在吃飽後做愛？食慾和性慾有時候似乎呈現正相關，但食慾似乎還是優先於性慾。是因爲要先滿足身體的能量需求，才能發洩慾望嗎？若爲了延續自己的基因，是否應該把體內的熱量燃燒至燼？

我突然感到體內也湧出巨大的飢餓，那是來自子宮內壁增厚而產生的需求，排卵期後的我總是愈來愈常感覺到餓，那是一種永遠都吃不飽的錯覺，尋找食物與滿足性慾成爲一種循環。每晚丈夫回家前，我會多煮一些炸物餵飽自己，等他睡去之後，我獨自在床的另一邊用手指滿足自己。

一場很大的雨落了下來，我第一次坐進那男人的車裡。

他說我那支雨傘根本撐不住。

我已經習慣每天上山餵貓，一定會看到他的車停在涼亭旁。雨水在車窗上不斷鑿出痕跡，馬上又被新的雨水蓋過，雨刷轉動的機械聲刮著玻璃，身子陷在冰涼的座椅裡，白色蕾絲椅套刮著我的背。不知道從出風口還是座椅，散發出某種類似古龍水的人工化學氣味，好像是許多計程車都有的味道。

應該是為了抹除上一個乘客的氣味吧。

突然想起之前聽過女孩子夜晚搭計程車，被司機載到荒郊野外殺害的新聞，通常都是在深山裡棄屍，警察會帶凶嫌模擬犯罪現場，要他指出準確的位置。

這裡只是個鄰近城市的郊山，走下山二十分鐘，開車不到十分鐘就回到人聲鼎沸的市區，沒有人會在這裡強暴女人然後棄屍的，太容易被發現了。

那個男人突然把車子熄火，一切都變得好安靜，只剩下呼吸聲，我才明白原來是雨刷擺動的機械聲音讓我恐慌。

「那隻貓在外面。」他說。

他打開車門，雨聲突然變得立體起來，外頭昏暗，只剩遠處一盞路燈斜斜地照亮路面。他往車頭跑去，把那隻貓帶回後座，牠一緊張，咬傷了男人的右手。傷口有點深，血也把貓的腹部染紅，我從塑膠袋裡翻出毛巾幫他止血。

我們等那傷口停止流血，等待大雨停歇。貓跑到前座，獨自窩在儀表板上，乍看之下以爲是車內擺飾，全身的毛很快就乾了。那台 CD Player 放在儀表板上沒有播放任何音樂，雨聲變小，車內只剩下貓的呼嚕聲與我們的呼吸聲，男人拿開毛巾察看傷口是否已經止血，我忍不住吻了他的唇。

他猶豫幾秒之後回吻了我，和我想像的一樣，他的氣味嘗起來混雜著雨水、超市的冷藏氣味、貓的氣味、菸味，還有男性的汗味。

我不明白貓的氣味是來自他還是那隻淋濕的貓，那隻沒受傷的左手把我的髮絲撥到耳後，他透過鏡框看著我的眼睛，不知道看見了什麼。

可能我看起來也像一隻貓吧。一隻淋濕、不知道可以去哪躲雨的貓。

他說他沒養過寵物，覺得自己是個感性的人，可是不善於表達自己的情感。這也許就是他喜歡演奏薩克斯風的原因吧。我猜。

「應該是因爲害怕寵物死掉吧，我會非常難過。」他解釋。

他的唇很熱，鼻子呼出的氣息撲上我的臉頰。

凶嫌在警方舉出多項證據後終於坦承，他強行侵犯女子並摀住口鼻導致死亡，再將遺體棄置於公路旁的草叢不起眼處。

撫摸他的胸口時想起了新聞畫面。

一聲貓的囈語驚動了我，我們放慢動作。

他說他結過婚，有個一週可以見一次面的十歲兒子。車門上那道長長的刮痕就是調皮搗蛋的兒子弄的。

「他可愛嗎？」

「嗯，可愛。」

他摸著貓的樣子也很可愛，臉頰與舌頭的肌肉因爲長期吹奏樂器而十分有力。

「你薩克斯風是在哪裡學的？」

「我父親教的，他以前是廣東軍樂隊，我只是一般退伍軍人，開車賺點零用錢。」

女乘客的指甲殘留了凶嫌的皮膚碎屑，她的嘴唇冰冷，嘴巴被雨水灌滿。

我感覺到他的勃起。想起第一次的性經驗，我感受到異物的侵入，除此之外一片空白。

噗。咖哩從鍋蓋間冒了出來，灑在爐子上。

我仍準時回到家裡準備晚餐。趕緊把火轉熄。應該沒有燒焦吧。掀開鍋蓋，咖哩的香味撲鼻而來。客廳大門傳來鑰匙轉動的聲音。

我的眼鏡起了霧。

雨終於停的時候我下了車，我記得後照鏡上的霧消失了。

「今天又煮咖哩啊。」丈夫說。

「你就喜歡吃呀，會不會覺得膩？」我說。

和我做愛，你會不會也覺得膩？

今天那個男人進入我的時候，那隻貓代替我的嘴叫出聲。

婚後三年都沒有懷孕，醫師說，精子有缺陷，無法生育。

我轉過身打開電鍋盛了兩碗飯，給他多盛一點。

再也不用拚命地做愛讓我鬆了口氣。至少我還可以煮他喜歡的咖哩。

我用湯匙餵了自己一口。

好像聽到了聲音，分不清楚是嬰兒在哭還是貓在發情。

我仍不敢睜開眼睛。

我努力忘記那天發生的事，盡量把注意力集中在貓的研究上。山裡總共有四十七隻貓：三隻白色，七隻白色帶有黑斑點的賓士，九隻虎斑，十一隻橘貓，七隻玳瑁，剩下的都是黑貓。性別的話，母貓二十一隻，公貓二十六隻，結紮剪耳的有三十隻。其中十九隻貓比較具有攻擊性，剩下的應該是家貓被棄養，比較溫馴親人。

那隻咬傷男人的貓是女生，虎斑貓，沒有結紮。我捨不得讓這些貓去做手術，特別是耳朵缺了一角看起來很醜。那隻虎斑貓是隻獨眼母貓帶大的，牠去年被車子撞死，我把牠埋在欒樹下營養的土裡。

這些貓有各自的群體與勢力範圍，雖然不如狗群領域分明，但仍藉由尿液與氣味宣示主權，特別是配偶的分配。如果猜得沒錯，虎斑貓的爸爸應該是隻遊蕩在山邊西側、黑色腳爪帶有白色斑點的年輕公貓，牠不常出現在我的餵養時間裡，可能是隻橫跨郊山與城市的流浪貓。

我帶那個男人去看我的研究範圍。

他開車載我到處遊晃，那隻虎斑貓在我的懷裡哼著奶音，蹭著我的大腿，男人左手握著方向盤，右手握著我的左手。我忍不住說著關於這座山裡每一隻貓的故事，這些全都是我畢生的研究心血，這座郊山就是我的田野，每一次的餵食都讓我與這群神祕的動物愈來愈靠近。男人轉動方向盤，一邊低聲回應我，虎斑貓含著我的食指彷彿在吸奶，我的乳頭也接收到感應，挺立起來，渴望任何一個哺乳類動物的吸吮。

那個男人載我和虎斑貓到山的另一側，這裡也有幾隻流浪貓，分別是五隻虎斑、三隻黑貓、一隻玳瑁，除了那隻玳瑁之外全是母貓，都沒有結紮剪耳做記號。我們下車找貓，經過空蕩的崗哨時，男人停下腳步，站直身軀向我敬禮，我笑了出來。

他用力踩了踩那覆滿塵埃的地板。

「我跟妳說，山裡面是空的，萬一哪天核彈轟炸這裡，記得躲進山洞，千萬不要出來。」

「這是國家機密嗎？」

男人看著我的臉，食指放在唇上噓了一聲。

駛離山路，我們回到熟悉的城市，柏油馬路開起來像柔嫩的奶油，跟坑坑疤疤的產業道路截然不同。我感覺我們之間的氣氛不一樣了，男人的手抽離我的雙腿之間，虎斑貓被城市的各種聲音刺激，縮進我的胸口衣領，牠小巧的立爪一伸一縮，在我的脖子上留下淺淺的粉色抓痕。

男人轉動著方向盤，不再主動說話。

他打開收音機，那是我們都喜歡聽的電台節目，不是多麼熱門也沒什麼特別的內容，主持人小莉（或是小麗，我不確定）的聲音有種輕柔的磁性，配上她選的那些老歌非常美好，我在家裡準備食材和貓飼料時都會跟著哼唱，無聊的時光很快就過去了。

我忽然覺得自己好像變成了那個男人的乘客。

隨著音響傳來歌聲，那層司機的膜逐漸把他的皮膚一寸寸地包覆起來，他熟練地在每個路口轉彎，煞車時如同害怕弄痛我般節奏漸緩，他打著方向燈，等待的時刻我們看著同一個方向，我撫摸他的後頸，他則摸我懷裡的貓。

最後他說累了，突然停在迴轉地下道旁的小岔路邊，陰冷的光勉強讓我們看清彼此的臉，那使一切看起來是如此地衰老。

可是對那座山來說，我們正如這座城市一樣，不久前才剛出生。虎斑貓在我們的擁抱之間不斷蠕動，那天我們只有愛撫與擁抱，沒有親吻。

還記得我第一次上山，柏油路邊正在施工修築森林步道，小腿後方逐漸痠疼，裸露的皮膚上黏滿了蚊蟲，蚯蚓的屍體乾涸在石頭底部，我卻覺得這裡比起城市的公園來得舒適許多。

我的身體逐漸適應這個地方，甚至變成另一種樣子。

手指撫過葉子的觸覺變得靈敏，每一片葉緣皆有不同的形狀、銳利與圓潤，回家觸摸每種蔬菜與肉類的感受也有所不同，僵硬與柔軟有了程度的分別。在山裡看見顏色鮮豔的花草就摘下，那堂插花課學到的技巧終於派上用場。美麗的植物到處都是，我在大花紫薇的綠色單葉上用竹籤戳出小洞，插上橙黃色的小百日草與豔紅色的珊瑚珠作爲裝飾，我從家裡帶了個舊花瓶上山，擺放在涼亭裡的石桌上自娛。

往南走去，盡頭有座長滿藤蔓的圓形建築物，那是一座廢棄的碉堡，上方堆滿了石頭，露出一小塊射擊孔洞，裡面望去一片漆黑，突然出現一道閃光。

是一隻貓的眼睛。

牠從碉堡的後頭竄出，和我玩起了捉迷藏，我穿過幾棵倒木，發現碉堡後方有個破洞。那隻貓的眼裡絕對是野性，但是牠回頭望向我的眼神，又有種渴望被稱讚、被馴服的流光閃過。

牠步入黑暗之中，那裡只剩一雙半透明的瞳孔。

屍臭味。我的喉嚨本能地緊縮，胃液灼燒到喉嚨，微弱的光線透過射擊孔斜斜地照亮一塊角落，我走近並蹲下身，從背包拿出眼鏡戴上仔細地看，羽狀的物品被光照亮而飄動，腳底踩到的散亂樹枝原來是鳥的骨頭。

這裡是鳥的葬塚。

對貓來說，這是收藏戰利品與玩具的地方，因爲這些鳥並不是食物，是光彩奪目的玩物。我伸出手撿起一隻鳥的屍體，在微弱的光線下牠的雙眼無神，身體已染上一層灰，仍看得出來是隻五色鳥，那青綠色與水藍色的羽毛顯得不太自然，像是有人刻意用顏料塗上去的，湊近一聞有些霉味。

這是一種犯罪。

我忽然感覺有東西在舔我的手。是那隻貓的黑色影子，牠的舌頭有著粗糙的倒刺，刮著我長繭的右手拇指，微微的痛楚中帶著濡濕。

如今我帶那個男人來到這座碉堡。

過了幾個月，斑駁的牆壁開滿了牽牛花，附近都是構樹的氣味。洞口依然狹矮，男人花了些時間才勉強鑽入。那天天氣很好，陽光把飄浮在空氣中的灰塵照得閃閃發光。

各種乳白色的骨頭成堆，牽牛花從眼窩鑽出，因爲光線與水分不足，小小一朵好似鳥的眼睛，眼窩卻顯得異常空洞。那些散落在地上的飛羽幾乎沒有腐壞，外頭響起某種鳥的叫聲，從射擊孔往外看去，只是晴朗的藍色布幕上盤旋的一個小點，那聲音傳入碉堡後瞬間變得冰冷，很快地融解在黑暗裡面。

「你知道貓比人還更不挑食，把雞拿去蒸一蒸加點蔬菜，牠們都吃得很滿足，其實很簡單，就是把牠們當成小孩子養。」

我的聲音在碉堡裡迴盪，好像能穿透建築與土壤到達地底最深處，直達那座避難洞穴裡。

虎斑貓又過來舔我的手，牠把殘留在指縫間的雞肉殘渣舔乾淨，想到那些腐爛的鳥屍，牠應該也是這樣地舔食牠們。我感到一陣噁心，沉重的罪惡感裡頭卻有種愉悅攀附而上，我好像變成貓的母親，這些孩子不過是在玩耍而已。

我蹲下身，從鳥骨上摘了一朵快枯萎的花，放在手心，靠著微弱的光線仔細凝視。

我沒有告訴他，那隻碉堡裡的貓其實比我更像一個母親。

牠曾教育我該如何獵殺一隻鳥。那是一隻出生沒多久的綠繡眼，頭頂羽毛的根部仍是灰黑色的，最上面那層的綠仍未成熟，彷彿沾到青苔一般，眼神昏昏懵懵，還不知道飛行是什麼感覺。

但是貓並沒有吃那隻雛鳥，牠用爪子劃破鳥的腹部後，就不再碰牠了。記得那隻貓抬起頭凝視著我，牠冷靜地完成示範，似乎正等著我也伸出利爪，在鳥的身上留下刻痕。

我的手指顫抖著，遲遲不敢觸摸，褐色的血逐漸滲出，將柔軟的羽毛染成另一種顏色。等到那隻雛鳥的眼睛失去光以後，貓也失去了興趣，不再看我一眼，把牠留在路的中央。

後來我在附近看到綠繡眼家族，牠們的眼圈已長出成熟的白色，看起來與那隻雛鳥不太一樣，也許是因爲這些成鳥都體驗過飛行，看見整個世界的樣子而改變了精神狀態。

有一陣子我沒看到那隻貓來吃罐頭，到處尋找，在碉堡旁發現牠舔著幾隻剛出生的幼貓。那隻貓警覺地抬起頭來，發覺是我而漸漸放鬆身體，我慢慢向牠們靠近。

牠停止舔拭幼貓，站起身走向我，也像舔拭孩子般地含著我的拇指。在黃昏之中牠抬起頭來看我，才發現牠少了一隻眼球，左臉上的那個圓形窟窿讓我想起太陽的影子，一個不太規則的圓，牠用剩下的那隻眼看著我的眼神，和人沒有差別。

牠終於清楚看見我的靈魂。

我猜是那群綠繡眼趁貓生產的時候攻擊了牠，當然有可能是流浪狗或是其他大型的鳥類，但我相信是那群綠繡眼。

那個男人把車停在碉堡旁，車門打開，把我壓在後座座椅上，沒有前戲地直接插入我，皮膚與椅子上的白色蕾絲椅套不斷摩擦而逐漸紅透，來不及濡濕的陰道產生巨大的痙攣，卻也帶來一陣快感。我感受到陰道口細微地扯裂開來，那股刺激彷彿隔著一道河，我無法抗拒這一切，就像我仍繼續餵養那些貓一樣，即使有無數隻鳥因爲牠們的興趣而死去，只要能夠得到愛，甚至只是貓的愛，我也甘願負罪。

幾次抽插後，我的身體逐漸習慣他的力道，大量的液體從我的身體湧出，他趴在我的身上動著，我的頭側向一邊，這時虎斑貓從碉堡裡咬了一隻死鳥出來。和牠的媽媽獨眼貓一樣，牠叼著它，無聲地爬進車裡到我的面前，那個動作就像個孩子，自己從箱子裡拿了玩偶出來玩。

無法辨識種類的死鳥露出半截腐蝕的鳥骨，變形的骨頭不再具有死亡的意味，反而成爲了某種雕刻藝術品，被這座城堡收藏。我感覺靈魂與身體完全地向這個男人敞開，那些所剩不多的卵子、從未受孕過的子宮，還有那荒涼又歇斯底里的母愛，都在這座山裡被澈底馴服。

我是多麼想要擁有一個自己的孩子。

那天之後，我們經常在那裡做愛，他每次插入我的時候感覺都不太一樣，只有在這裡我最容易達到高潮。我緊緊抱著他，抓住那曾經結實的胸腹，想像他與前妻所生下的孩子的臉龐，想像自己的丈夫把成千上萬個沒有生育能力的精子射入其他年輕有彈性的陰道裡。

這個男人模仿那隻虎斑貓，充滿愛意地舔拭我的私處，又侵略性地啃咬我的乳頭，他將牠獵捕來的新鮮鳥屍塞進我的陰道，告訴我這就是生孩子的感覺。

我一邊哭泣一邊微笑，好像獲得了救贖。

不知不覺，那隻虎斑貓很快就長成一隻成熟的母貓，不知道在哪裡被某隻公貓咬住後頸，用陰莖上的倒刺扎著陰道交配，一陣痛苦的叫聲後牠躲進草叢。出現在我們眼前時，腫大的腹部已接近臨盆。

我特別留了一碗加了鮪魚的飼料給牠，那個男人也為牠吹奏一首歌曲，牠靜靜地盯著那個閃著金屬光澤的薩克斯風不斷上下擺動，我遲疑了一下仍撫摸了牠的身體，牠並沒有排斥，兩隻耳朵依然來回轉動聽著音樂，我的手指順著那結成塊狀的貓毛，從體內傳來的溫度不如以往炙熱。

與牠的母親不同，這隻虎斑貓並沒有躲起來偷偷產下小貓。

那天我以坐跪的姿勢倚在那個男人身上時，牠鑽入車中，白色的腹部鼓脹起來，上頭的灰黑虎斑紋路隨之撐開，牠用盡所有力氣爬上後座座椅，潔白的蕾絲椅套上印滿了土灰色的腳印。

喵。

那隻貓張口就是輕柔的叫聲，眼睛半睜著，看起來就快睡著了，可是那吸氣與呼氣的力道之大，不是眞的要睡去的跡象。

我將自己往上拉起離開男人的身體，他睜開眼才發現那隻貓蹲在一邊，急促沉重地呼吸著，腹部裡頭的東西蠕動頻率逐漸變快，牠不斷站立又坐下，舔拭陰部，我趕緊脫下自己身上的外套，一攤淡黃色的透明液體很快從身體裡流了出來。

他和我一起迎接了虎斑貓生產的過程，六隻小貓，六個胎盤。

貓把臍帶咬斷，然後把鮮紅的胎盤全部吃掉了，那些營養足夠讓乳房餵飽六隻小貓。那個男人讓小貓靠近虎斑貓的腹部，成功誘使那些小貓吃奶，他微笑著撫摸虎斑貓，像是在撫慰牠生產的辛勞。

那個笑容幸福得讓我無法忍受。

他坐上駕駛座發動車子，引擎像是野獸般吼叫，虎斑貓同樣低吼出聲，站起身來撥掉咬著奶頭的小貓，似乎想逃離這裡。

那個男人倒車，他想要帶那些小貓到山下看獸醫，虎斑貓則用爪子劃著玻璃窗，我一把抓住牠。

「停車，牠想要出去。」我對那個男人大喊。

「讓母貓出去。」男人用冷靜的語氣命令我打開後車窗。車窗一搖下，虎斑貓一躍而出，很快地溜進草叢不見蹤影。

我的手臂上都是爪痕，一條條鮮豔的血絲逐漸浮現。車子在山路上搖晃，男人的開車技術異於平常，猛然踩下煞車，急速轉彎，六隻小貓躺在我的外套上搖晃著，尚未完全睜開雙眼，不斷嗅聞尋找母親奶頭的氣味。

我把牠們一個個抱入懷中，同樣也呼出滾燙的氣息。車窗起霧，看不清外面的景色，從暗綠逐漸變成灰白的色塊，外頭傳來汽機車的聲音，我知道我們已經下山，正卡在傍晚的壅塞車陣之中。

「那幾隻奶貓，我想挑兩隻健康的回去養。」

男人打破沉默轉過頭看我，我緊緊摟著外套裡的小貓，車內充斥著羊水的氣味。

「妳呢？要挑幾隻回去嗎？」

我不知道。

「牠們睡著了？。」

我點點頭。

男人轉過頭去，前方的紅燈轉爲綠燈，他握著方向盤卻沒有任何動靜，外頭傳來陣陣喇叭聲，他用手指敲著方向盤，嘆了口氣似乎不太耐煩，打開了收音機，傳來小莉那溫柔優雅的聲音，還有熟悉的歌聲。

人生幾何能夠得到知己
失去生命的力量也不可惜
所以我　求求你　別讓我離開你

是那首我最愛的歌。

綠燈又轉爲黃燈，紅燈。我看見不遠處那棟公寓的五樓，家裡客廳的燈似乎是亮著的，是我出門時忘記關上，還是丈夫已經到家了？

我想起那鍋煮好已燜在爐上的咖哩，另一個我正在廚房裡忙著，她替丈夫盛了一大碗飯，問他今天過得如何。

恍惚之間，我把外套整團捲起，對準那幾隻小貓的臉部壓住。歌曲結束之前，牠們的小嘴已不再呼出熱氣，車窗與鏡片上的霧氣也隨之消退。

紅燈轉爲綠燈時，我打開沒有上鎖的車門，跳下車，緊緊抓住懷裡那團外套，裡頭沉重的肉體尚未僵硬。

男人被我的動作嚇了一跳，這時前方的汽車開始前進，他想叫住我，卻發現自己從來不知道我的名字，但是我知道他叫什麼，那名字就寫在後座的椅背上。

我穿過車陣回家，手臂上的傷口發癢，痛了起來。

我忍耐著，把那幾隻小貓塞進黑色塑膠袋裡，藏在垃圾堆之間。稍微消毒上藥後，趕緊換上長袖上衣，重新加熱那鍋咖哩，正好來得及在丈夫回來時，爲他盛好一碗飯。等他吃完，進房裡繼續修改快要發表的論文，我把碗洗好後，匆匆下樓倒垃圾。

垃圾車播放著歌曲，慢慢駛到我的面前，清潔員站在車上看了我一眼，我不敢把那袋小貓直接扔進那個不斷翻滾擠壓的洞裡。走到公園找了一個隱密的角落，徒手挖著土，那幾隻小貓被我偷偷埋起來，一定不會有人發現的。

當我專注地把土塡回那個小坑洞時，有隻我不認識的流浪貓無聲地走過來舔了我的手臂，我身子一震，整個人陷坐在草地裡。

應該是因爲那裡還有貓的氣味吧。

我大口喘著氣，望著夜空飄盪的雲被快要滿月的光照亮，浮現了那個男人看著小貓的笑容，似乎一切都充滿了希望。

我再也沒有見到那隻虎斑貓，牠似乎也離開了那座山。

有時候我會想，如果我沒有在山上遇到那個男人，或許有天我會讓那隻虎斑貓跟著我回家。當牠生病的時候，我會帶牠去看獸醫，當我寂寞的時候，牠會帶我去看海。我和牠仍會坐上某台計程車，某個男人從後視鏡看著我的臉，但是我不會知道他後車廂放著那支薩克斯風，只記住他的名字與車牌號碼，然後再澈底忘記。

不過他仍會問我那個相同的問題：這隻貓是妳養的嗎？

後記

即使不出門，只要房間裡有窗戶，不需要太大片，靜靜地凝視幾分鐘也許可以看見某隻鳥飛過。如果走出門，在公園散步可以看見更多的鳥，或是到更遠一點的地方，河邊、山裡、溪口，期待看見牠們覓食、棲息、求偶、繁殖。若遇見病痛、死亡的鳥，我會覺得悲傷，夜晚來臨，那股悲傷回到室內不再真實，我仍是一個疲倦的人類，還是必須面對自己的痛楚。

毫無預告就發生的痛，讓人驚覺自己的身體仍與其他動物相同，痛楚麻痺感官，直指我們最脆弱的那一面，我卻不願意接受，正如我有時不想承認自己的身體擁有女人的特徵，似乎暗示著那些痛楚：經痛、生產痛……還有許多難以啟齒的痛。

如果痛楚對生命的存在來說是必要的，那麼代表的意義又是什麼？

「彰顯動物現實的並非只有死亡，有些反倒來自人類如何誕生。由於生育過程的肉體角色，女性本身就成為動物身分的提醒。」＊

梅蘭妮．查林傑在《忘了自己是動物的人類》這麼寫道。

在我的書寫行動中，透過小說這個虛構的文體承載對身體的真實感受，那不只是提醒，而是投身在故事裡，不斷重新意識自己與這個世界之間的關係。

但這不會是痛楚的意義。

＊ 參考《忘了自己是動物的人類》（*How to Be Animal: A New History of What It Means to Be Human*），梅蘭妮．查林傑（Melanie Challenger）著，陳岳辰譯，第二三一頁。

致謝

二〇一八年十月六日是我非常難忘的日子，那天我和東華山社的同學在山上搭帳，取完水後趁著天還亮在營地附近走走，就在一片草地上躺下，看著遠處的山逐漸被雲霧遮掩住，後方的森林傳出不知是什麼動物的叫聲，那時候的我有許多事物都不認識。那是我第一次自己背著包包爬這麼高的山。

後來我在山下總會想念山上的世界，那陣子我寫的東西充滿了山，但又與眞正的山是不一樣的。很久以後我才明白，因爲我不過把山當成一種投射，把那個渴望自由與探險的我放入。我從不眞正理解山。

於是我重新回到居住的場所，在那附近出沒的動物似乎與我更加接近，我知道必須重新凝視牠們。

二〇二一年四月，我與朋友參加花蓮縣野鳥協會舉辦的賞鳥活動，遲至一年後，那天的經驗才在我的意識裡發酵，就像是一座新的「山」出現在我面前。這次我努力觀察著，不僅凝視著鳥類本身的美好，也包含一些傷害鳥類的行爲：將鳥限制於特定空間拍攝的「籠拍」，還有以食物或鳥鳴吸引鳥類的「誘拍」，或是餵食流浪貓，導致大量繁衍進而壓迫野鳥生存空間等。

那些看似是愛的行爲，卻是一把帶有殺傷力的雙面刃，這是人性的幽微之處，也是我在小說中試圖辯證的。

這本小說能夠完成，要感謝許多人：

感謝成功大學中文系、東華大學華文系師長們的教導，特別感謝吳明益老師對我的創作提出深刻的問題，讓我不斷思索。

謝謝曾經給予這本小說回饋的每一個人。

感謝劉秀美老師、游宗蓉老師、陳蕙慧女士與林聖修先生珍貴的建議，謝謝鄭順聰先生與何瑞暘先生提供專業知識的意見，感謝編輯陳瀅如女士細膩梳理這本小說裡的字字句句。

謝謝身邊的家人與朋友支持我寫作。

這本小說在往返花蓮、台北與桃園的路途中完成，謝謝這些土地與河流帶給我的故事。

參考文獻

一、專著

- Alice Munro，《太多幸福》，祁怡瑋譯，臺北市 ： 木馬文化，2023。
- Anthony Doerr，《拾貝人》，施清真譯，臺北市 ： 時報文化，2018。
- Carmen Maria Machado，《她的身體與其它派對》，葉佳怡譯，臺北市 ： 啟明，2019。
- Margaret Atwood，《與死者協商 ： 瑪格莉特愛特伍談寫作》，嚴韻譯，臺北市 ： 麥田，2004。
- Melanie Challenger，《忘了自己是動物的人類》，陳岳辰譯，臺北市 ： 商周，2021。
- Milan Kundera，《生命中不能承受之輕》，韓少功、韓剛譯，臺北市 ： 時報文化，2002。
- Monica Black，《歐洲鬼地方 ： 戰後德國靈異治療的狂潮，如何揭露科學理性所回應不了的創傷？》，張馨方譯，新北市 ： 衛城，2023。
- Neil Shubin，《我們身體裡的生命演化史》，鄧子衿譯，新北市 ： 鷹，2021。
- Olga Tokarczuk，《太古和其他時間》，易麗君、袁漢鎔譯，臺北市 ： 大塊文化，2006。
- Richard Powers ，《樹冠上》，施清真譯，臺北市 ： 時報文化，2021。
- Richard Sennett，《棲居》，洪慧芳譯，臺北市 ： 馬可孛羅，2020。

- Tim Birkhead，《鳥的感官》，嚴麗娟譯，臺北市：貓頭鷹，2018。
- 川上和人，《鳥類學家的世界冒險劇場》，陳幼雯譯，臺北市：漫遊者文化，2018。
- 小川洋子，《人質朗讀會》，王蘊潔譯，臺北市：麥田，2014。
- 林文宏，《臺灣鳥類發現史》，臺北市：玉山社，1997。
- 洪素麗，《尋找一隻鳥的名字》，臺中市：晨星，1994。
- 吳明益，《苦雨之地》，臺北市：新經典文化，2019。
- 陳湘靜、林大利，《噢！原來如此　有趣的鳥類學》，臺北市：麥浩斯，2020。
- 劉克襄，《風鳥皮諾查》，臺北市：遠流，2007。

二、期刊論文

- Adam Fishbein，〈鳥兒如何聽鳥歌？〉，姚若潔譯，《科學人》，2022。

我愛讀 119

藍：許明涓短篇小說集

作者　許明涓

社長　陳蕙慧
副社長　陳瀅如
責任編輯　陳瀅如
行銷業務　陳雅雯、趙鴻祐
審訂　鄭順聰（台文）、何瑞暘（鳥類資訊）
封面設計　朱疋
內頁排版　Sunline Design
印刷　前進印刷股份有限公司

出版　木馬文化事業股份有限公司
發行　遠足文化事業股份有限公司（讀書共和國出版集團）
地址　231023新北市新店區民權路108之4號8樓
電話　02-2218-1417
傳真　02-8667-1065
客服信箱　service@bookrep.com.tw
客服專線　0800-221-029
郵撥帳號　19588272木馬文化事業股份有限公司
法律顧問　華洋法律事務所　蘇文生律師

初版一刷　2023年11月
定價　NT$380

ISBN　9786263145207（紙本）、9786263145238（EPUB）

版權所有，侵權必究。本書若有缺頁、破損、裝訂錯誤，請寄回更換。
【特別聲明】有關本書中的言論內容，不代表本公司／出版集團之立場與意見，文責由作者自行承擔。

本書為「後山文學年度新人獎」得獎作品

指導單位｜文化部 MINISTRY OF CULTURE

主辦單位｜國立臺東生活美學館 National Taitung Living Art Center

執行單位｜MULAN 木蘭文化事業有限公司

國家圖書館出版品預行編目（CIP）資料

藍：許明涓短篇小說集/許明涓作. -- 初版. --
新北市：木馬文化事業股份有限公司出版：
遠足文化事業股份有限公司發行,2023.11
256面；14.8×21 公分. -- (我愛讀；119)
ISBN 978-626-314-520-7(平裝)

863.57 112016140